有爱的青春陪伴者

小豌豆，我愿意热爱这个世界，
诚如爱你

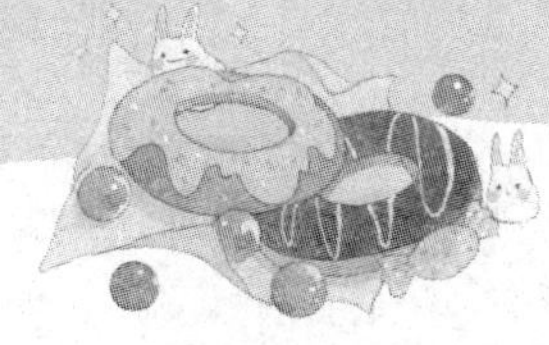

焚柏 著

亲一口我的小可爱

上海故事会文化传媒有限公司
© 上 海 文 化 出 版 社

图书在版编目（CIP）数据
亲一口我的小可爱 / 焚柏著. -- 上海 : 上海文化出版社 , 2020.8
ISBN 978-7-5535-2023-0
Ⅰ. ①亲… Ⅱ. ①焚… Ⅲ. ①长篇小说 - 中国 - 当代 Ⅳ. ① I247.5
中国版本图书馆 CIP 数据核字（2020）第 098550 号

责任编辑　蔡美凤
特约编辑　伍奕兴
装帧设计　孙欣瑞　　cain 酱
特约绘制　话雪酱
印务监制　周仲智
责任校对　周　萍

亲一口我的小可爱
焚柏　著

出　　版　上海文化出版社
出　　品　上海故事会文化传媒有限公司
（200020 上海市绍兴路 74 号　www.storychina.cn）
发　　行　长沙大鱼文化传媒有限公司发行中心
印　　刷　湖南达美程智能科技股份有限公司
开　　本　880×1230　1/32　　印　　张　8.5
版　　次　2020 年 10 月第 1 版　　印　　次　2020 年 10 月第 1 次印刷
书　　号　ISBN 978-7-5535-2023-0/I.795
定　　价　36.80 元

上海故事会文化传媒有限公司　出品（01000）www.storychina.cn

本书如有印装问题，请与印刷厂联系调换。联系电话：0731-82755298

目录

第一章

重逢总是在雨天

1.

C 市机场，深夜一点。

人们拖着行李箱快步穿行，风雨交加，雨丝像一根根细密的针，直往大衣里扎。C 市的冬天，又潮又冷。

黎琬站在出口处，紧了紧大衣。她眼圈发红，抽了抽鼻子，假装是因为太冷冻红了眼圈，而不是流泪。

章宵到底没来接她。

五小时前，黎琬还在新加坡的机场。今天公司在新交所上市，老板敲响钟声的那一刻，为期一月的出差总算结束，她只想飞奔回 C 市。

她和章宵是校友，毕业时就在一起了。当年他光芒四射、众星捧月，喜欢他的女孩子不计其数。所以，对于追到法律系系草这件事，黎琬自己都觉得是个灵异事件。

毕业后，章宵去了 C 市著名的律师事务所，黎琬则去了新加坡藉华人开的金融公司。两人为了省房租索性搬到一起，两室一厅，一人一间卧室。

虽然住在一起，可他们工作都忙，还是长期处于聚少离多的状态。有时章宵下班回来，黎琬已经睡了。等黎琬去上班时，章宵还没醒。

这回一分开又是整整一个月，黎琬只想回国后好好陪他。

谁知道，章宵收到航班信息后，只回复了一个“好”，便没有了下文。

直到现在，也没再来一个电话。

同事们一个个被老公或男友接走，最后只剩黎琬。大半夜的机场，她看着越下越大的雨，每一滴都打在心上，透心凉。

黎琬叹一口气，摸出手机准备叫车。忽然背后射来一道光柱，汽车喇叭嘟嘟两声。

章宵！

黎琬兴奋地回头，却看到是一辆陌生的车。

开车的男人探出头，一张陌生的脸。他鼻梁高挺，额发微卷，深邃的眼睛在黎琬脸上逗留几秒。

男人穿着灰色毛衣，手肘搭在车窗上，隐约能看见精致的腕表。

黎琬觉得这个陌生男人有些眼熟，看他的颜值和衣品，大概是个明星吧，或许在热搜上见过。

她心中又酸又可笑，章宵连电话都不打一个，又怎么会来接她，给她惊喜呢？

“小豌豆。”男人开口。

黎琬一愣。这不是她小时候的外号吗？

她的目光再次落到男人脸上，辨认好一晌：“你是……孟西？”

小时候住隔壁的小西哥哥，大她三岁，也算一起长大的小伙伴了。

不过，在黎琬初一那年，孟西不知为什么忽然就搬家了，之后再没见过。偶尔有他的消息，都是从新闻上看的。

比如：

S大录取十六岁少年。

盘点一年内完成博士学位的真学霸们。

90后生物教授留美归来，颜值与智商齐飞。

……

对于黎琬来说，孟西早就从邻居哥哥变成了新闻上的陌生人。

孟西眼中掠过一丝失望，小丫头还真把他忘得一干二净。

他打开车门：“别打车了，我送你吧。”

黎琬犹豫的时候，孟西已把她的行李放进车后备厢。黎琬张了张口，又看了眼越下越大的雨，只好咽下拒绝的话。

“谢谢。”

车中的暖气迅速把黎琬包围，冻僵的腿也渐渐恢复。可她心理上并不舒服，她自认有些社交恐惧症，和陌生人独处总是紧张又拘束。

尤其像现在，车上没人说话，安静得连暖气的风声都能听见。

黎琬更加焦虑，她朝孟西笑了笑，强迫自己找点话题。

聊点什么好呢？童年往事？她自己都不记得了，人家也早忘了吧。

聊现状吗？自己一个金融公司的小职员，和人家生物教授有什么可聊？专业也不对口，岂不更尴尬？

思来想去，黎琬欲语不语，暗暗搓手皱眉，只觉得这种安静令人窒息，早知道不如打车算了。

孟西看她一眼："小豌豆。"

"在！"黎琬吓了一跳。

孟西也吓一跳，小丫头怎么还和小时候一样，一惊一乍的。

他又问："现在住哪儿？还住在小时候的房子吗？"

黎琬刚要答话，手机"叮咚"一声，浏览器弹出消息：震惊！妙龄女子夜搭顺风车，竟被生物教授分尸。

她一瞬绷紧神经。车窗外下着大雨，噼里啪啦，黑漆漆的，深夜的街道一个人都没有。

月黑风高夜，杀人放火天……

黎琬缓缓转头看向孟西，衣冠楚楚，道貌岸然，那张像明星的脸还真挺能迷惑妙龄女子的。

她的心一下子提到嗓子眼。他刚才问什么来着？好像是问自己的住所……

脑洞开了一个口，就止不住了。

黎琬一身冷汗，越想越恐怖，好一阵，才吞吞吐吐地说："工作的地方离家有些远，毕业后就自己住了。是合租，不是一个人。"

她强调"合租"两个字。

孟西："嗯，住哪里？"

黎琬："啊？"

孟西看了她一眼，余光扫过她的手机屏幕："开导航吧，不然怎么送你？"

黎琬提着一口气，怯怯地"哦"了声，磨磨蹭蹭地拿起手机，滑了半天也没打开导航，只不时左晃晃右晃晃，假装没信号。

孟西笑了笑，又忙绷住嘴角，说：“对了，你听说过生物教授分尸案吗？”

“没有！”黎琬一本正经地看着孟西，眼神真诚，就差发誓了，“我一点都不知道！”

“是吗？”孟西扬眉，“闹得挺大的，浏览器每天都推送。不过，据说凶手已经落网了。”

黎琬一怔，迅速点开那条推送。

果然，那是凶手伏法的新闻。

黎琬松了一口气，挑眼偷看孟西。他嘴角似乎挂着笑。嗯，是嘲笑。

孟西：“还没信号？”

黎琬一惊，差点没拿稳手机。她慌忙打开地图，把头埋得很低，恨不得找一条地缝钻进去——自己宛如一个智障，乱开什么脑洞？这是老邻居啊！

孟西笑了笑，听着导航往右拐：“以后别赶这么晚的飞机，大半夜的，不安全。”

黎琬连连点头，听到“安全”两个字，她身子一僵，又叹了一口气。她鼻尖忽然泛酸，眼圈跟着就红了。

黎琬忙别开头，假装看窗外。

空荡荡的街道，零零星星的灯火。深夜一点，连非亲非故的孟西都知道不安全，章宵为什么一点都不担心呢？一想到手机还没有动静，黎琬的心脏就一抽一抽地疼。

倒是孟西的手机响了。

他还没来得及“喂”，电话里就冒出男人的大嗓门：“你人呢？”

尾音未落，孟西一滑手机，挂断电话，顺手关静音。

“推销贷款的。”

黎琬一脸蒙。

电话里的声音太大，她隐隐约约地听见了，推销贷款可不该是这种态度。不过她也无心八卦，尴尬的空气才是她的致命伤，她只好找话题尬聊。

黎琬：“那个，你怎么会这么巧在机场啊？”

孟西：“送人。”

黎琬：“哦。”

孟西：“……”

黎琬：“还真是……好巧啊。”

孟西：“嗯。”

黎琬：“谢谢啊。”

孟西：“不客气。”

黎琬：“……”

她赶紧搜肠刮肚找词汇，又绷着脸掩饰焦虑，奈何，实在接不下去了。

孟西却很悠闲，像听轻音乐一样，手指在方向盘上有节奏地敲打。

黎琬有种错觉，他又在嘲笑自己。

她当即决定周末就去报驾校，拿到驾照后自己也买一辆车，再也不要搭半生不熟的人的顺风车了。

看黎琬半天没憋出话，孟西先开口了。

不再是两三个字的机械回答，他开始聊小时候的老房子，聊楼下的大桑树。

夏天，他们在树下吃西瓜，阳光穿过桑叶的缝隙，光斑照在小女娃粉嘟嘟的笑脸上，嘴角还粘了一粒西瓜子。

等下午热起来，小家伙们就躲回家里做暑假作业。绿电扇嗡嗡转动，孟西小老师一本正经地给黎琬小朋友讲数学题，还会像真的老师一样提问……

孟西磁性的低音夹杂着二人的笑声，童年的记忆一点点回来，像是在玻璃球中放电影，纯粹干净，却又触不可及。

他们都长大了，不再是无忧无虑的小朋友。长大的黎琬会为男朋友伤心，也会因为工作倍感压力。

黎琬一时感慨，只觉得好累。

毕业四年，要么是在工作，要么是在陪章宵，好像一直都马不停蹄，没有可以休息的空当。工作好累，恋爱也好累。她叹了口气，整个人陷在真皮座椅里，积压的疲倦渐渐释放出来。

“是这里吗？”

孟西轻点刹车，转头一看，黎琬已经睡着了。

小丫头很安静，柔软的额发被暖气吹得微微颤动，呼吸又轻又浅。她睫毛上蒙了一层淡淡的水汽，眼眶微红，还有些肿。

在机场时，他就看出来了，小丫头孤零零地傻站着，一定是受了什么委屈。但她从小就不喜欢人问东问西，他只好装瞎。

孟西看了眼窗外的公寓楼，决定不叫醒她，只将自己的外套轻轻搭在小丫头身上，准备打开手机看学术文献。

刚拿出手机，屏幕上立刻弹出无数个微信电话和留言。

孟西回：“偶遇老邻居，我走了。”

他点下发送，暂时拉黑对方，安心看学术文献。

正在C市机场的某位仁兄气得直跳脚，看着一堆发不出去的微信消息，都快把屏幕戳穿了。

2.

雨越来越大，一阵一阵直往车窗上泼，又顺着车窗滑下。孟西在黎琬所住小区楼下已经停了半个小时，小丫头微微皱眉，脑袋在靠背上蹭了蹭，齐肩短发有些凌乱。

孟西警觉地看向她，不会要醒了吧？

犹豫一瞬，他眼明手快地抽走外套。

黎琬缓缓地睁眼，只见孟西拽着外套面色紧绷，像极了她小时候偷看言情小说，被妈妈抓包的样子。

被抓包的表情转瞬即逝，孟西淡定地穿上外套：“睡醒了？”

黎琬以为自己刚才眼花，抱歉地笑了笑，看一眼手机，都过了两点了！

机场到家最多半小时车程，也就是说，孟西没好意思叫醒她，生生等了那么久！

“对不起，对不起，耽误你回家了吧？”

小丫头满脸愧疚懊恼，还和小时候一样，最怕给人添麻烦。

孟西：“开错路了，刚到。”

黎琬吐口气，稍稍安心：“今天真是太谢谢你了，那我先走了。回见。”

谁知刚将车门打开一条缝，黎琬就被雨势吓回来，这哪里是下雨，简直是下瀑布。

她正在盘算要怎么冲回家时，孟西已撑伞下车，替她取出行李箱，然后转过来开车门。

男人穿着纯黑毛呢外套，身形高挑，伞一靠过来，就像把她圈在车中一样。路灯下，男人的影子投在她身上，黑蒙蒙的，笼罩着黎琬，隔开暴雨和湿气。

黎琬的局促感又回来了，她忙下车，可站在同一把雨伞下却更局促了。

“谢，谢谢。”黎琬拉过行李箱，“我自己来吧。”

到电梯口没几步路，她不好意思再麻烦孟西。已经耽误人家小半夜了，又下着暴雨，他半边手臂都湿透了。

孟西没有假客气，只把伞留给她，自己钻进车，却不急着发动。

黎琬打量一眼，纯黑伞面，讲究的木质伞柄触手生温，冬天握着也不会冷。

真是一把有腔调的伞，不便宜吧。

她突然反应过来，咚咚敲车窗：“你看什么时候方便，我去还伞。”

孟西探出头，黎琬忙将伞靠过去。

“都可以。加个微信吧，我发你地址。”

话没说完，二维码已伸到她面前。黎琬下意识地扫码添加，对方秒通过。

她正纠结备注“孟邻居”还是“孟还伞”，背后忽然有人叫她。

“黎琬。”

章宵撑着伞站在不远处，西装革履，手中提着半旧的公文包，裤脚打湿小半截。

黎琬和孟西同时回头，撑一把伞的缘故，两人靠得近了些。又因为刚才睡着，黎琬的头发有点乱。

章宵略微沉下脸，看了陌生男人一眼，淡淡说："我先回去。"

黎琬刚要开口，章宵已转身朝电梯间走，丝毫没有等她的意思。

"男朋友？"

孟西微微凝眉，打量章宵的背影。

黎琬垂下眸子，睫毛挡住失落的神色，咸咸的水汽又泛上来。

她勉强笑了笑："今天谢谢你，再见。"说完推着行李箱就走了。

路灯昏黄朦胧，大雨将黎琬的背影冲刷得模糊。长长的毛呢白大衣，窄窄的肩，小丫头像一枝百合，在暴风雨中摇摇欲坠。

直到完全看不见她的身影，孟西才转开目光，看向公寓楼一扇刚刚亮起的窗户。

黎琬到家时，章宵正在沙发上整理公文包，看她回来，也没有说话，目光却不由自主地跟随她手上的伞移动。

黎琬将伞撑到阳台，又把行李箱扛回自己房间。再出来时，章宵正靠在阳台口，手揣在裤兜里，打量那伞。

"那人是谁啊？"他说。

黎琬看一眼伞："老邻居，你不认识。"

"邻居？"章宵看向她，审视一晌，"我怎么没见过小区有撑 SAB 伞的邻居？"

这种伞，他只见律所老板的女儿撑过一回，全身奢侈品的姑娘啊。

热衷时尚的同事科普，那是英国的奢侈品牌，历代皇室的伞具供应商，最普通的一把伞也要大几千。他听着心里“咯噔”一下，还特意上网查了。

而他女朋友黎琬带回来的这把，伞带上用黑色丝线绣了 MX 两个字母，虽然很小很暗很不起眼，却又摆明了告诉你，这是私人定制。

黎琬和自己一样，也是普通的上班族，怎么会认识这样的朋友？还随意借这样的伞？

章宵不由得皱起眉头。

黎琬下意识地要解释，刚张口，又忙闭上。

什么 SAB 伞？章宵他什么意思？

黎琬对上他的目光，身子忽然一僵。他在审视自己，像在法庭上审视被告一样，好像在说，我给你一个机会，希望你说实话。

在机场的那种委屈和酸楚又涌上来，黎琬咬咬牙：“大半夜的，我一个女生孤零零在机场，我朋友好心送我。章大律师，有问题吗？”

“什么朋友啊，半夜不睡觉来送你。”

“男朋友！”

黎琬冷着脸，目光直直对上他，不知怎么就脱口而出。

章宵也愣住了。身为律师，他最擅长辩驳，现在却哑口无言，只觉得自己所有的逻辑都被搅得天翻地覆。

雨声被隔在窗外，屋子里很安静，连两人的呼吸都能听见。

黎琬垂下眼皮，过了好久，才低声说：“半夜送我，这本该是男朋友做的事吧。”

如果当时章宵能出现，她也不至于上孟西的车，也不至于面对局促的气氛，更不至于像现在一样被章宵质问。

章宵盯着她好一阵："你在怪我？"他一副难以置信的表情，"我拼死拼活加班是为了谁？你居然怪我不去接你？你不是小孩子了，懂点事好不好？我们律所有多忙你不知道吗？"

"忙到一个电话也来不及打，一条留言也来不及发？"黎琬自嘲一笑，"章宵，我一个人，大半夜，你就一点都不担心？"

章宵语塞，顿了两秒，语气软了："我今天真的抽不出时间接你，这个案子真的很赶，否则我也不会加班这么晚了。"

黎琬没再说话。

这种事不是第一次发生了。

约好的纪念日章宵临时放鸽子，一句话也没有，黎琬只能干等一晚上。之后知道他在加班，看他一脸疲惫，她又不忍心太责怪。

还有一次，他深夜两三点还没回来，给他打电话也不接，发微信也不回，吓得她去报警。后来在律所找到他，才知道是他加班开会忘了跟她讲。事后警察同志把两人教育了一顿，自此，她成了律所的大笑话。

诸如此类，太多太多了。

每一回，黎琬都告诉自己章宵加班不容易，要多体谅他。可久而久之，她发现这根本就不是加不加班的问题。

自己也会加班，也会熬夜，可她却从不会忘记给章宵报平安，也会记得关心他的日常。就算再忙，留个言的时间也总是能挤出来，只是看你愿不愿意挤。

黎琬深呼吸，径直往自己房间走。刚要关门，章宵追上来，"啪"

的一声抵住门。

他一脸无奈："没去接你是我考虑不周，可你不是已经安全回来了吗？况且我是在加班，又不是故意不接你，这有什么问题吗？你究竟在闹什么？"

最大的问题，可能就是章宵根本意识不到问题。

黎琬身心俱疲，只想独自冷静一下，抓起手机就要回房，手指不经意点亮屏幕，弹出"孟邻居"的微信。

"到家了吗？"

发送时间是半小时前。

黎琬与章宵对视一眼，孟西的留言像一颗定时炸弹。章宵看向屏幕，嘴角不自觉下撇。

黎琬无奈，只好当着章宵的面回复："不好意思，刚才没看到，已经到了。"

孟邻居秒回："嗯，那我走了。晚安。"

黎琬呆了两秒。

她一把拔开窗帘，只见瓢泼大雨中，孟西的车正驶出小区，两束车灯，在大雨冲刷中渐行渐远。

黎琬脑子有点蒙，呆站在窗边，与章宵四目相对。

"真是个称职的邻居。"

章宵鼻息轻哼，摔门就走。

"砰"的一声，黎琬跟着一颤。

过了好久，她才回过神，看着空荡荡的房门口，心里又酸又堵，说不出是什么滋味。章宵那样子，像是在给她判刑。

黎琬叹了口气，抱臂靠上窗棂。

他们怎么会变成这样子呢？

她的思绪不由自主地飘到了大学，那时候的章宵，完美得像偶像剧男主角。

黎琬大一时就关注他了，法律系系草，学校的风云人物。为了看他的模拟法庭，她总是翘课溜进法学院，悄悄坐在角落。

章宵的专业能力很强，常常把对方“律师”辩得无话可说，也总能让对方当事人获得最高处罚。

每回“判决”后，法学院的女生们都齐声欢呼，高喊章宵的名字，而黎琬却总是默默离场。

她从来没指望得到章宵的关注。他是被星星围绕的月亮，而她只是最不起眼的一颗小星星，能够远观，已经够了。

这种行为坚持了快四年，要毕业的时候，黎琬拉着闺蜜去看章宵最后一场模拟法庭，心里将其当成是对青春的告别。

可就是那场模拟法庭，改变了黎琬这颗星星的轨迹。

那是一场“离婚案”，男人有钱就变坏的千古话题，章宵替做家庭主妇的女方辩护。

刚开始，一切都顺利正常，可在结案陈词说到半截时，章宵忽然走到舞台中央。

他面对旁听席，说：“婚姻中，总有人在背叛，比如被告；也总有人像我的当事人一样在默默坚守。今天，我站在原告律师席，并不是因为我抽签抽到了，而是我想为坚守爱情的人辩护。

“我也会希望，不论我走了多远，在疲惫时，撑不下去时，只要一回头，就能看到那个带着期盼目光的人。就像现在的旁听席中，那个四年如一日的人。你以为我从来都不知道你，却不知，你早就是我每次开庭的动力。”

说到这里的时候，旁听席早就躁动了。没人再去关心判决结果，都左看右看。

章宵含笑，一切场面都在掌握中，他接着说：“坚守爱情的人，得到的回报不该是抛弃，而是……经管院金融系黎琬，你现在是我女朋友了。”

当时黎琬的脑子“嗡”的一声，一片空白。等到校园论坛上“法律系系草法庭表白甜炸裂”的帖子满天飞时，黎琬才惊觉，她莫名其妙成了章宵的女朋友。

一晃四年，他再没做过那样出格又浪漫的事。

章宵不再是众星捧月的系草，他只是法律界最普通的职场新人，他的浪漫激不起一丁点水花。

平庸是能消磨人的。

渐渐地，他的慷慨激昂也消磨了，对黎琬也越来越冷淡。剩下的，只是永无止境的加班，像一个缓慢旋转的齿轮，泯然众人矣。

3.

那一夜，黎琬心里很乱，勉强睡了三四个小时就起床准备上班。

虽然她半夜才回国，公司的事却不能落下。公司才上市，等着复盘的细节还很多，她可不敢掉链子。

她朝章宵房间看了一眼，人已经走了，大概是为了避开自己吧。

孟西的伞还晾在阳台，黎琬仔细收好，打算尽快还了。昨天都是因为这把不祥的伞才引发了“血案”。

她打开孟邻居的对话框。

“你看今天中午方便吗？我来还伞。”

这次孟邻居没有秒回，等黎琬到办公室门口时，才收到一个定位。

刚进办公室，所有人都有意无意地朝她看。

黎琬一下子变得很紧张，走路都小心翼翼的。她皱眉，又在想自己是不是做错了事，得罪了人。

“黎琬姐。”实习生小圆噔噔跑过来，低声笑道，“你什么时候买的伞啊，这么舍得。你不会就是传说中的隐形富二代吧？”

黎琬看一眼手中的伞，又看看小圆和同事们。

她只好朝小圆笑了笑，略微放大声音：“别人的，要还呢。”

小圆鼓着腮帮，失望地“哦”了声，又拍拍黎琬，朝总裁室努嘴：“黎琬姐，我跟你说，今天栾总不对劲呢！来得早不说，脸色也不太好。我听李秘书说，他一个人在办公室还骂骂咧咧的，不知道是谁得罪他了。大家连汇报工作都不敢去呢！你知不知道内幕啊？”

黎琬朝总裁室看了一眼，笑道：“可能是私事吧。别猜了，咱们做好自己的事就好了。”

话音未落，李秘书走过来：“黎琬，栾总找你。”

黎琬一愣，小圆朝她投去同情的目光，双手合十。

“黎琬姐，老天保佑，今天的螃蟹靠你先吃了。”

同事们也默默投来“拜托”的眼神。黎琬深吸一口气，迅速整理了汇报资料，快步朝总裁室走。

栾总栾鹤立，新加坡裔华人。听说栾总的爷爷在建国前就去了新加坡，白手起家，历经三代人，已经做成新加坡有名的“栾氏集团”，涉足地产、金融等多个行业。

只是老爷子一心思念祖国，总想回国做点事，却一直没能实现。

近几年，中国经济发展迅速，董事们对国内金融市场越发感兴趣。老爷子高兴坏了，忙将小孙子栾鹤立从美国召回，命他全权负责“鹤行基金”。

栾总也算争气，虽然平时一副小开做派，和各种网红模特的绯闻满天飞，但他在公司经营上却一点都不含糊。短短几年，鹤行基金已经在新交所上市，而栾总今年才三十二岁。

黎琬在总裁室门口又检查了一遍资料，深呼吸，敲了敲虚掩的门：“栾总。”

栾鹤立应了声，她才进去。

栾总的脸色的确不大好，平时都挺随和的，也爱和同事们开玩笑，今天却摆着一张臭脸。黎琬想，昨天他们是同一班飞机回国，大概也没休息好吧。

她小心翼翼地将资料分成三类，工工整整地摆在他桌子上：“栾总，这是汇总好的复盘资料，中间是上市组那边给出的股价预测，这边是下午跟您约了见面的腾越科技的资料。”

栾鹤立扫了一眼，点点头：“黎琬你坐。”

黎琬微微抿唇，紧张兮兮地坐下。同事们私下都开玩笑说，总裁室的椅子不好坐，因为一旦坐下，就意味着栾总将会进行长时间的谈话。

黎琬有轻微的社交恐惧，本身就挺排斥这种氛围，尤其现在栾总情绪不好。

她只觉如坐针毡，数着秒数过。

栾鹤立倒没在意，自顾自地说：“你知道咱们公司前段时间投资的素纱禪衣研究所吧？”

黎琬点头。

这是投资部张姐负责的项目，她虽然听说过，却了解不深。

栾鹤立接着说：“这个项目不论从学术还是市场角度看，都非常有潜力。我想把它作为近期的重点，加强进度监控。”

看来，栾总是想派个钦差大臣过去。以前公司也有先例，重点项目都会派人驻扎跟进，这也是对资本负责。

栾鹤立见她会意，又说：“人资部报了几个人选，不过都不太合适。黎琬，你来公司有四年了吧？”

黎琬一怔，点点头。

栾鹤立：“对接一下，周一过去。”

啊？

黎琬睁大眼，愣了两秒。

这算是……变相升职吧……

虽然只是个小小的项目负责人，但这是黎琬第一次独立跟进项目。她有点兴奋，也有点焦虑。

说起来，这是张姐的项目，要派钦差也该先考虑她手下的人。黎琬现在插一脚，张姐会不会有想法？

“栾总，投资部那边……”黎琬忽顿住，栾总眼神涣散，好像在……走神？她又试探地看一眼，“栾总？”

“你有邻居吗？”栾鹤立忽然问。

黎琬蒙了一下，脑中闪过孟西的脸。

“有，有吧。”

“你会为了邻居，在机场放朋友鸽子吗？”栾鹤立渐渐皱起眉头，“还有，大清早逼朋友推荐餐厅，选了快一个小时，就为请邻居吃饭。中国的邻里关系都这么好？你们的传统美德？”

黎琬总算知道栾总今天摆臭脸的原因了。

她笑了笑：“栾总，我和邻居们倒不熟。不过中国有句老话，远亲不如近邻。”

栾鹤立若有所思，眉头皱得更紧，只嘀咕：“我讨厌邻居。”

黎琬：“您说什么？”

栾鹤立讪讪没接话，又交代了几句新项目的事，还说投资部那边他已经亲自打过招呼。

黎琬这才舒了口气，放心出去，开始准备对接资料。

她埋头处理文档、文件，不觉时间渐过，再抬头时，一看手机，都过了十二点了！她忙抓了伞，一边等电梯一边叫车。她打算见着孟西就还伞，还了就走，再不要节外生枝了。

栾鹤立也正走出来，脚步散漫，车钥匙挂在食指上转。

二人一同上电梯。

“出去啊？”他朝黎琬的伞看一眼。

黎琬点头：“昨天不是下暴雨吗，借了邻居的伞，正好去还。”

栾鹤立眉峰一缩，又是邻居？这就是所谓的远亲不如近邻？

他朝伞扬扬下巴：“伞不错，能借我看看吗？”

黎琬含笑递上。

栾鹤立这样精致讲究的男人，收藏的好伞也不少，一眼就看出这是把收藏级的 SAB。他饶有兴味地打量黎琬一眼，又转头看伞。

MX？

伞带上的刺绣撞入眼帘，他看向黎琬：“邻居借的？”

黎琬愣愣点头。

呵！

栾鹤立面不改色，心里却打翻了五味瓶。他看向黎琬，上下打量一遍，一个邪恶的想法蹿进脑子……

“呀！”他叫，“车钥匙把伞面刮破了，不好意思啊。”

栾鹤立一脸无辜。

整齐的伞面被一刀毁容了，划口又长又利落！

正好电梯门开了。

栾鹤立顺势出去：“我赶时间，回来赔你。”

“不用了，栾总，您慢走。”

黎琬紧拽着伞，绷着笑脸目送领导，手指一顿一顿地摩挲伞面的划口。

栾鹤立都能想象“小邻居”欲哭无泪的表情。他戏谑一笑，边走边吹口哨，食指悠闲地转着车钥匙。

4.

孟西订的餐厅叫“东邻”，古色古香的苏式园林风格，专做红楼菜。

网站的介绍上说，店名出自战国大文豪宋玉的名句“楚国之丽者莫若臣里，臣里之美者莫若臣东家之子”。说的就是宋玉的美女邻居，后世便用“东邻”代指美女。

孟西对这店名挺满意。

“孟先生，那我先出去等黎小姐？”穿汉服的服务员微笑说。

孟西点头：“这是她的照片。”

他摸出手机放在桌上，朝服务员推了推，颇有些炫耀的意味。

这种行为服务员见多了，以前也有借机炫耀女朋友的客人，这种狗粮她早就习惯了。不过这张照片……服务员标志性的微笑渐渐凝住，她笑不出来了。

手机上是一张翻拍的老照片，少女穿着运动系校服灿烂一笑，马尾辫的发丝飞扬，发梢染着金色阳光。

“孟先生，这是十多年前的照片吧……”

服务员脸上笑嘻嘻，心里呵呵哒——这谁认得出来？

孟西：“嗯，她没变。”

孟教授认为，从生物学上来说，只要没整容没修图，人的骨骼是不会变的。通过小时候的照片认人，其实十分容易。

服务员尴尬地笑了笑，退出包房，打算直接开口问。

黎琬到包房时，礼貌地朝孟西点头微笑，顺手将微卷的短发卡在耳后。

她今天穿了雪白的长大衣，化了淡妆，口红颜色像新鲜的樱桃，尤其衬她白皙的皮肤。

喝茶的孟邻居愣了一瞬。

黎琬：“孟西？”

他一下回神，从容地拉开太师椅请她坐。

黎琬道了谢，递上伞，特意将有划口的一面对着他："不好意思啊，临出门让人把伞划了。我查过了，这是SAB的定制伞。你看，我能赔你吗？实在是抱歉。"

孟西淡定地喝茶："不用。"

黎琬一时尴尬，伞停在半空，递过去也不是，收回来也不是。

孟西看她一眼，接过伞挂在桌子上："纪念品而已。"

他记得伞是年前去剑桥访问时校方送的。这种东西对他来说无关紧要，他不希望小丫头有心理负担。

黎琬却很失落。

纪念品之所以叫纪念品，是因为有独特的意义，还真不是有钱就能赔的。

小丫头垂着眼皮，薄薄的茶烟笼罩着睫毛，樱桃色的唇抿了抿，嘴角微微地一伸一缩，像极了贝壳的嫩肉。

孟西忽然想起贾宝玉那句"吃姐姐嘴上的胭脂"。

他目光顿在她的嘴角："要不，你请我吃饭？"

黎琬眼睛一亮，这也是不错的道歉方式。虽然不能让伞复原，到底表示了自己真诚的歉意。

她殷勤地将桌上的平板菜单推到孟西面前："我刚听服务员说了，这是家红楼菜，你别客气。"

小丫头从小就喜欢《红楼梦》，很兴奋地翻看菜单。每一个菜她都能说出典故，甚至出自哪一回目都记得清清楚楚。不知道的，还以为这是她的餐厅。

小丫头认真地看菜单，孟西只看着她，心里再次对餐厅表示肯定。

“我是不是太吵了？”黎琬看孟西一直不说话，尴尬地笑了笑。

孟西：“习惯就好。”

一顿饭下来，两个人也没说几句话。黎琬发现，除了昨晚在车上那段让她放松的童年回忆杀，孟西大多数时候都很安静——安安静静地开车，安安静静地吃饭，安安静静地听她讲《红楼梦》。

看孟西吃得差不多了，黎琬起身准备去结账。

孟西拦住她：“已经记账了。”

黎琬一愣，有些懊恼：“那怎么行，说好我请你的。”

“记我朋友的账，会员打折。”

他看黎琬一眼，目光不由自主地又落在女人的唇上，樱桃色的口红都被她吃掉了，露出嘴唇原本的颜色，淡淡的粉，微微嘟着。

嘟嘴的女人想不通，孟西全程没离开餐桌，到底什么时候去记的账？不会是一开始就跟服务员打招呼了吧？既然如此，为什么又提议让她请客呢？

黎琬觉得孟邻居的逻辑有点混乱。

孟西：“下次再请吧。”

黎琬点头，也只好如此。

二人走出包房，一抬头，迎面撞上章宵。他也正出包房，旁边有一个烫大波浪，打扮入时的年轻女人。章宵撑着包房门，对她很殷勤。

黎琬和章宵都愣住了。

孟西眉头微微皱了一下，审视着小丫头的男友。

“孟老师！”大波浪女热情地打招呼，“您不记得我了吧？上一届的周莉，您还给我们上过一学期的专业课呢！不过有点对不起您，毕业后我就没做生物了，被我爸抓去他公司受虐了。”

孟西“嗯”了声。

他记得每一个学生，周莉也不例外，上学时就逃课睡觉插科打诨，他从来没把她列入可持续教学的范围。

周莉目光落向黎琬，又看看孟西，嘴角扬起八卦的笑：“孟老师，这是师母吧？好漂亮啊。”

周莉兴奋地摩挲手机准备偷拍，盘算着去S大校园网爆个猛料。他们那届没人追到的男神教授，学弟学妹们也追不到喽。来呀，互相伤害呗！

黎琬吓了一跳，连忙摆手：“不是不是不是，同学你别误会。”

她一边说，一边心虚地看章宵。昨天才吵了架，今天又瓜田李下的，有理也说不清了！

孟西的眉头皱得更深，小丫头否认得这么快，难道是觉得当孟师母很丢人？

孟西垂下眼睛，偷偷地扫描自己，又迅速扫描章宵。

对标研究，得出结论：小丫头的眼睛可能有点问题。

章宵依旧挂着职业的微笑：“小周总，她是我女朋友。”

他强调“我”字。

“这样啊。”周莉有点失望，“误会了，误会了。不过，既然章律师的女友是孟老师的朋友，我们公司的法律顾问就定你们律所，不用再竞标了。条款就按刚才说的，麻烦章律师尽快把合同发给我秘书。”

说完，周莉笑着朝几人挥手告辞。

她一走，章宵立马沉下脸，看了黎琬几秒，兀自走了。

黎琬望着他的背影，昨天的一幕幕又不断地在脑中回放，鼻尖一阵泛酸。

孟西看向她："我送你上班。"

黎琬犹豫："我还是自己打车吧。"

孟西摸出手机，敲了敲屏幕上的时间。

黎琬一惊，不知不觉快到上班点了啊。

"走吧。"他迈开大长腿，"清者自清。"

黎琬叹了口气，只好跟上。

一上车，她免不了又道谢："又要麻烦你了，导航到鹤行基金就好。"

孟西点导航的手一顿，没有输入地址，直接平稳地驶出停车场。

下午，孟西刚到实验室，手机就响了。

是栾鹤立的微信，一张截图，记账扣款的短信，下面配了个黑人问号表情。

孟西回："赔伞。"

在总裁室跷着二郎腿喝咖啡的栾鹤立手中的手机差点吓掉了，这家伙居然这么快破案！

栾鹤立透过玻璃窗，只见黎琬正在和张姐交接新项目，一如既往的认真专注。他嘴角渐渐勾起阴谋的笑。

孟西的手机又响了。栾鹤立发来黎琬的工作照，配字：人质。

孟西没再回他，只点开大图，默默按下保存键。

5.

黎琬忙了一下午。

新项目来得急，要对接的细节还很多。而且公司并没有做过这类项目，生物科技类的项目倒是投过不少，可像素纱禪衣研究所这样带文化属性的，还是第一次。黎琬一丁点都不敢马虎。

不过栾总好像挺胸有成竹，对她这个新手也很放心。但投资部只给了她基础资料，她心里还是打鼓。

“项目还在起步阶段，投资部那边的工作也还没深入。具体什么情况，你周一去了就知道了。”栾鹤立一本正经地看报告，“要没什么事，早点回去休息吧。状态好点，新项目容易有突发状况。”

黎琬谨慎，又把现有资料熟悉一遍，再提交几个复盘报告，还是忙过了下班点。

天已经黑了，她打开章宵的对话框，盯着手机屏幕好一阵，才发：“今晚加班吗？”

左上角显示“对方正在输入……”，等到左上角的字消失了，也没有任何回复。

黎琬无奈，发送：“晚上谈谈吧。”

章宵回：“好。”

二人在电梯口碰上了，一路无话。进门后换拖鞋、放包、回房换家居服……熟悉的步骤一气呵成，谁也不用帮助谁，更不会妨碍谁。

黎琬有时候觉得，他们更像室友。

章宵在沙发上坐下，习惯性地打开体育频道，两个黎琬不认识的球队正在激烈厮杀，姓黄的解说员激情澎湃地说着她听不懂的话。

“不是要谈谈吗？你说吧。”章宵盯着电视，面无表情。

黎琬深吸一口气，下意识地要在他身边坐下，还没挨着沙发，她又起来了，只在餐厅拽过一把椅子坐。

“第一，我跟孟西没什么；第二，你我分手。”

章宵身子一僵，握着遥控板的手一瞬紧了紧，手背暴出青筋。

“当年可是你追的我。”

“我一向知错就改。”黎琬很平静，“你需要的是小迷妹，捧着月亮的小星星，但我想要自己的宇宙星辰。”

黎琬用了八年的光阴去验证一个错误的命题,但她不想浪费第九年、第十年……

章宵了解黎琬，她要么憋着不说，一旦说出口，那都是深思熟虑过，没有转圜余地的。

他咬咬牙，闷笑：“到底还是孟教授厉害。我下午把合同寄给小周总了，我们律所一个月轮番上阵都啃不下的单子，他只要露个脸，甚至话都不用说就解决了。你选择他，不难理解。”

黎琬没有说话。

即使没有孟西引发误会，也会有孟东、孟南、孟北……本质问题出在她和章宵身上，无关他人。

可惜章宵到现在还没意识到。

黎琬接着说：“下周我去新项目那边上班，顺便看房子。你放心，我会尽快搬出去，这个月的房租转你微信了。”

说完回房，“啪”一声锁门。

黎琬倒在床上，给闺蜜夏美玟发微信“我分手了”。

她点下发送，只觉心里空落落的。

恋爱是一件神奇的事，八年，四年萌芽，四年消磨，然后一句话就断得干干净净。

闺蜜夏美玟没有回复，倒是发了一条朋友圈。

正是与黎琬的对话框截图，配文：喜大普奔。

黎琬翻个白眼，夏美玟的视频电话立马打来，刚一接通，对方兴奋大叫：“Congratulations！”

黎琬呵呵。

分手说恭喜的，您老怕是古今头一个！

“黎大美女，您老的眼疾终于治好啦！快告诉姐姐是哪位神医的功劳？”

“您老能有点同情心吗？”黎琬指着自己的鼻子，“我、失、恋、了！”

“早晚的事。”夏美玟“嘁”一声，“你玟姐阅男无数，就你那男朋友，呸，前男友，他就是自我感觉过度良好，希望全世界都围着他转。大学那会儿不就一副吃不完要不完眼睛长在头顶上的样子？”

黎琬讪讪：“谁让人家是系草呢！”

“你还是汉服社社长呢！”夏美玟义愤填膺，“你在全校也是排得上号的名人！怎么，他毕业跌落神坛没法适应，就在你身上找存在感？亏你还是学金融的呢，对待男人就得像炒股，你现在是及时止损，真等他跌到退市，想抽身都没办法！”

黎琬扯扯嘴角：“您老真是实践理论两手抓。”

“你玟姐永远是你玟姐。”夏美玟语重心长，就差把手穿过屏幕摸摸她的头了，“明天周末，要不我过去陪你？”

“算了，你不是要忙时装发布会嘛。”黎琬翻个身，“我回家看看我爸妈。”

“行，有事电话联系。”

“嗯。”

挂了电话，黎琬一觉睡到大天亮。

第二天起床，只见章宵正吃早餐，头也不抬。桌上放着豆浆油条，香气热腾腾，没有黎琬的份。

黎琬也把他当空气，先给妈妈打了个电话，就收拾收拾出门去。

租屋到老房子有一个多小时车程，父母还住在九十年代单位分配的单元房，周围都是相熟的邻居同事。跳跳广场舞，下下公园象棋，半退休的生活倒也惬意。

“琬琬回来了。”楼下公园下棋的张大爷穿着羽绒服戴着毛线护耳，热情地和黎琬打招呼。

刘阿姨听到，提着一大包菜颠颠过来：“琬琬好久没回来了，又变漂亮啦！听你妈说你那男朋友都谈了好几年了，什么时候结婚啊？吃喜糖不能忘了阿姨啊！”

黎琬只笑了笑没说话。

刘阿姨皱起眉头：“你都二十六岁了，可得抓紧！工作再忙也不能耽误正事啊！尤其生孩子不能拖，女人啊，岁数大了生对身体不好。还有啊……”

“刘阿姨，谢谢啊。”黎琬尴尬症都快犯了，“那个……我妈还等我呢，我先回去了。”说完飞速溜了。

刘阿姨摇摇头，一副孺子不可教也的表情。

拐进楼道，黎琬才松口气。

她家住一楼，带个小院子，一半种花一半种菜。自从黎琬搬出去住，种花的面积就逐渐缩小。黎妈妈看了很多微信推送，觉得菜市场的菜都有农药，加上她对自己的肠胃有点不自信，所以跟着网上的教程，能自己种就自己种。

黎琬自然也想念这些纯天然蔬菜和老妈的厨艺。

她摸钥匙开门：“妈，我回……”

客厅的一幕令她呆住。

孟西坐在她家沙发上，看着她的电视，喝着她的果汁，吃着她的零食……男人穿了件宽松毛衣，看起来居家又懒散。

他转过头，茫然地望着黎琬。

黎琬愣住，与孟西对视几秒，一下退出来。她抬头看了眼门牌，才敢确认是自己家。

“你这孩子，快进来啊！”黎妈妈举着菜刀，从厨房探出头，“你爸去市里开会了，你招呼好小西啊。”

那架势像威胁。

黎琬的表情有点纠结，还没等她开口，孟西先解释：“我回来拿东西，碰巧遇到阿姨，碰巧没吃午饭。”

黎琬结巴地“哦”了声。

十一点还不到，谁吃午饭了？

“那个，我去换个衣服，你先坐啊。”

她需要溜进卧室冷静冷静。

一进去，只见一件修长的男士毛呢大衣挂在她的衣架子上。纯黑色，面料挺括，剪裁考究，显然不是老爸的，老爸没这身材。

那就是……

脑中闪过孟西的脸，带着和刚才一样茫然的表情，黎琬打个寒噤，迅速收回目光。

一定是老妈干的……以前亲戚来家里，老妈就把外套往她卧室扔。她再不回来，卧室只怕都保不住，直接变衣帽间。

黎琬扶额，换了件奶绿色的家居服才出去。

孟西打量她一阵，小豌豆果然更像豌豆了。豌豆默默滚过来，也坐在沙发上，中间隔了一个人的距离。

电视正在播放《动物世界》，配着赵忠祥老师浑厚的旁白："春天来了，又到了……"

孟西拧眉，目光移向黎琬："周末不用约会？"

黎琬摇头。赵忠祥老师的背景音充斥着客厅。

孟西："昨天的事……"

"没事。"黎琬打断他的话，"都解决了。"

孟西还想再问，黎妈妈忽然喊开饭。两人只好去厨房帮忙端菜。

六菜一汤摆满了小圆桌，腾腾香气勾人肠胃。黎琬发现了，这比她的待遇要好。

"小西难得来一次，别客气啊。"黎妈妈很高兴，"琬琬也真是的，小西回来了也不说一声，不是刚才碰到我还不知道呢！这小没良心的，人家小西哥哥以前还辅导过你作业，不是他你考得上S大吗？"

黎琬戳着米饭嘀咕：“小学作业和高考有什么关系？”

“基础很重要。”孟邻居一本正经地说完，继续吃饭。

黎妈妈点头赞同：“看你小西哥哥说得多好。小西家里没大人，多过来吃饭啊。”

孟西含笑点头。

黎妈妈又转向黎琬，没那么和颜悦色：“让你那个章宵多跟小西哥哥学习学习，人家年纪轻轻就是S大的教授了，多出息！对了，他怎么没跟你一起回来？又加班？”

黎琬扒了口饭，没有说话。

“这孩子，问你话呢！”

“分了。”

黎妈妈一时没反应过来。

孟西却眼皮一抬，停下吃饭。

黎琬放下碗筷，沉默了好长一段时间，才说：“我和章宵分手了。”

“怎么能分了？”黎妈妈有点惊慌，“你们不是谈了很多年吗？你们这些孩子，怎么这么儿戏……有什么过不去的事？不会是他出轨了吧？”

黎琬不由自主地看了孟西一眼，孟西也正看她。四目相对，五味杂陈。她忙移开目光。

“是她出轨，”孟西淡淡地说，“和我。”

什么？

黎琬眼睛瞪大像铜铃，又惊又慌。

黎妈妈也蒙了，什么情况？这个世界太疯狂！章宵那孩子，真可怜。

孟西接着说："她前男友就这样误会的。"

"……"

黎琬长长吐了口气："妈，没人出轨，就是觉得不合适，就分了。"

黎妈妈眉头皱成一团，沉默良久，刚想再问，孟西忽然插话："如果不合适，分了也好。"

他的表情严肃而笃定，像在说一个实验结论。

黎妈妈本来有一揽子问题，听他一说，也不问了，只默默扒饭。情侣之间不信任，早晚得分，晚分还不如早分。只是两人谈了这么多年，到底让人觉得惋惜。

6.

午饭后，孟西主动提议洗碗。黎妈妈当然没同意，连厨房门都没让他进。

黎琬端着切好的水果出来，上面插了牙签。孟西正站在小院里，男人的背影挺拔，冬日的阳光洒在毛衣上，暖烘烘，懒洋洋，像镀了层温柔的滤镜。

"刚才谢谢啊。"黎琬捧上水果，"不然我妈又要审问一下午了。"

就是说话不要大喘气就好。

"我说的是客观事实。"孟西接过挺重的果盘，"什么时候搬家？"

"嗯？"

"我去帮你。"

他说完，一块苹果下肚。

黎琬一愣，又不是他搬家，这么积极干什么？

小丫头眼睛一眨一眨，瞳孔又圆又黑，孟教授觉得像基因突变的黑豌豆，还亮晶晶的。

她被他看得有些不自在，尬笑：“那个，新房子我还没找到。”

“还找金融城的？”

黎琬摇头：“大学城，下周要去新项目部。”

孟西吃苹果的手一顿。

黎琬接着说：“说来挺巧，是和 S 大合作的，素纱禪衣研究所。”

牙签一下子戳到牙龈，孟西“嘶”了声。

“你还好吧？”

“没事，牙龈上火。”他放下水果，沉默几秒，“我们小区好像有房子出租，我帮你看看，离 S 大很近。”

“真的？那太谢谢了。”

孟西回去后，“素纱禪衣研究所”几个字就一直在脑子里打转，午觉也没睡着，心里扑通扑通的，辗转反侧了一整个下午。

晚饭时间，一身奶绿的小豌豆奉母命来邀请孟邻居共进晚餐。饭后，孟邻居如愿获得了端剩菜进厨房的权限。到第二天中午，孟邻居终于洗上了碗。

黎妈妈不大放心，一直在厨房门口转悠，看到碗碟后吓一跳。

孟西照着清洗实验器材的规范操作，一排排洗好的碗碟整齐又锃亮，边沿闪过清润的光，仿佛自带音效，像洗洁精广告里那样。

黎琬背着包出卧室：“妈，我走了啊，明天还上班。”

孟西一直竖起耳朵，从厨房探出头：“我送你。”

男人穿着黎家的粉围裙，腿太长，像上衣似的，有种莫名的滑稽感。

“不用的，我自己可以……”

“顺路。”他优雅地解围裙，“晚上有课，我回学校的房子。”

黎琬没有拒绝的理由。

黎妈妈倒是很高兴，把冻好的饺子、香肠塞满孟西的车后备厢，又嘱咐他们少吃外卖多回家，这才回去。

黎琬扶额：“不好意思啊，我妈就是这样，你如果不喜欢吃也不用……”

“我喜欢。”

孟邻居满足地看着后备厢的食物，又冲黎琬笑了笑。

冬日的阳光透过树叶，细碎地洒在男人身上，斑斑点点。额发投下影子，他的笑容很淡，阳光温暖。

送黎琬回家后，孟西就去了实验室。

实验大楼门口挂了很多牌匾，有代表荣誉的，如“国家重点实验室”，也有关于项目的，其中一块，写着“素纱褝衣研究所”。

今天周末，实验室人不多，孟西的小组里也只有博士 KK 带着几个研究生在做实验。

“孟老师好。”

KK 咧嘴一笑，一头锡纸烫的少年充满阳光。

孟西点了下头，忽然顿步，目光下移：“明天别穿拖鞋。”说完迈开长腿走进办公室，脚步轻盈。

KK 愣住，茫然地看学弟学妹：“明天市领导要来视察？”

学弟学妹们如拨浪鼓似的摇头。

KK 皱眉，鼓起勇气朝孟教授办公室探头。门缝里，孟教授正在一本正经地擦桌子。

他忙打开“孟德尔天气预报”微信群，发送：“老孟言行怪异，明日恐遇极端天气，各位谨慎。”

群里很快有人回复瑟瑟发抖的表情包，接着全群哀鸿遍野。

第二天，全小组的人都提前到了，实验服穿得规规整整。KK 最谨慎，里面还穿了正装。

黎琬看到时不禁感慨，校风优良，治学严谨。作为 S 大的毕业生，她很骄傲。

黎琬含笑敲门：“请问是素纱禪衣研究所吗？”

全组人闻声看去。

门口的美女穿着粉红色的职业套装，手臂挽着大衣与包包，笑容亲和。

美女是实验室少见的生物！

KK 蹿上前，咧嘴笑：“就是这里，有事可以和我说。”

“谢谢。”黎琬微笑点头，“我是鹤行基金的黎琬，请问是和您对接吗？”

话音未落，身后一大片阴影压下来。

“和我。”

头顶传来磁性的低音。

孟西站在小豌豆背后，大衣笔挺，手揣在裤兜里，目光清清淡淡的，只垂眸看着她。

“来我办公室。”

说罢他淡定地越过人群。

办公室的玻璃门映出男人的全身像，孟西用余光瞄了一眼——嗯，很帅，很好。

黎琬一脸茫然，愣了好久，才噔噔跟进去。

“实验猿们”不由自主地抻长脖子，在心里默默为美女点了一根蜡。

A 君：“孟教授不会又要把‘钦差’赶走吧？”

B 君：“不至于吧？这回可是个大美女！”

KK“嘁”一声：“孟德尔那种老道士，最不吃美人计这套！”

而此时的办公室中，美女正坐在柔软的沙发上，捧着孟教授亲自煮的咖啡。

“你昨天怎么没说……你是……”黎琬有点尴尬。

“你也没问我。”

黎琬一噎。

一阵尴尬的沉默中，肚子突然不争气地叫了一声，她忙捂住。

孟西看向小豌豆的腹部：“没吃早饭？”

“呵呵，没事的，反正我经常……”

一个纸袋忽然被放在面前的茶几上，飘出浓郁的油条香。

“先吃。”

“那你……”

“我吃过了。”

说完，孟教授打开电脑开始做数据分析。

黎琬默默啃着蘸了咖啡的油条，别有一番风味。只是，正对面的人正专心工作，她这个早餐吃得良心不安。

她看孟西一眼，悄悄打开自带的笔记本电脑，刚开一条缝，孟教授忽然开口：“一心二用，反而浪费时间。”

黎琬啪地关上，像个被捉赃的贼。孟西脑门长眼睛了吗？她只好“哦”了声，乖乖吃早饭。

“吃饱了。”黎琬把垃圾收拾规整，抬头望着孟教授。

小豌豆坐姿端正，眨眨眼，很是乖巧，像等待老师检查作业的乖学生。孟老师看一眼纸袋，里面的食物都吃完了，很乖。

“邮箱给我。”他说。

黎琬条件反射地报出来，孟西点回车键：“进度资料都发你邮箱了。走吧，现在去看看你的新办公室。”

“我还有办公室呢？”黎琬难以置信。在鹤行基金，有单独的办公室那是总监以上的待遇。

孟西目光落向她，凝了两秒，轻笑道：“还是说，你想在这里办公？”

黎琬惊得弹起，忙摇头摆手：“不是。那个，我看外面还有几个空工位。我初来乍到，还是和大家打成一片比较好。”

“你确定？”

黎琬飞速地点头。

孟西扬眉，一把拉开门。

趴在门上的“实验猿们”重心不稳，一个踉跄，恰与孟教授大眼瞪小眼。站稳后，他们才咧嘴一笑，露出一排排青春朝气的大白牙。

孟西戏谑地看向黎琬，她只尴尬地笑了笑，一顿一顿地朝“实验猿们”挥手打招呼。

孟教授扫视一圈：“主谋？”

大家忙退一步，反应不及的 KK 瞬间凸显出来，动都不敢动。

“穿得挺正式啊。”孟西轻掸他的肩，“筛荧光去。”说完长腿迈开。

众人自动让出一条道。

黎琬像条小尾巴，埋着头迅速跟上。

美女钦差的工位在孟教授的玻璃窗外，如果不关百叶窗，他一抬头就能看到。正因如此，魔鬼工位才空出来。

安顿好小豌豆，孟西又交代几句才回办公室。

他一走，“实验猿们”就围过来。短短一个上午，他们对温和的美女钦差充满好感，尤其得知黎琬毕业于 S 大后，更觉亲切，直呼师姐。

时至中午，黎琬将整理好的进度报告发给栾总，就准备和大家一起去食堂。

她还没起身，孟西出来了。

他走到黎琬面前：“我中午有篇论文要改，你自己吃饭，可以吗？”将一张饭卡递给她，“你的临时饭卡一周才能下来，先用我的吧。”说完微微一笑，转身回办公室。

黎琬愣愣的。

善良慷慨的孟邻居不知道，小豌豆压根没打算叫他一起吃饭。

等电梯时，黎琬想象着和“实验猿们”吃得不亦乐乎，孟邻居却一个人饿着肚子改论文的画面，越想越惭愧。

她紧了紧手中的饭卡：“你们先去，我马上来。”说完转身，在“实验猿们”的注目礼中快步折回。

黎琬走在实验室和办公区中间的通道上，中午冷冷清清的，几台没关的屏幕跳着屏保画面。可怜的孟教授又饿又孤独。

办公室门没关，她象征性地敲了敲：“孟西？那个，要不要帮你带饭？”

孟西正打开外卖。

他工作忙，经常来不及去食堂，就只好在办公室边工作边吃两口。从这个角度，黎琬显然看见了。

她有些后悔回来。

孟西的外卖看上去很精致，也很美味，可能他并不喜欢食堂菜。再说，他一个成年人又怎么会让自己挨饿呢？刚才她还幻想人家饥寒交迫的惨样……

孟西看着她，小丫头有点慌，有点不知所措，努力表达的善意，一下子就成了别人的困扰。

她眉心微微皱着，嘴角轻轻绷着，倒是……十分可爱。

孟西笑了笑，盖上外卖，丢掉：“食堂的土豆牛肉，谢谢。”

食堂门口，“实验猿们”焦急地等待黎琬。

“大美女你终于来了，卡呢？”KK 摊开手。

硕士生小 lo 妹提醒：“孟教授的饭卡！”

黎琬还沉浸在刚才的一幕，只把饭卡茫然地举着。

下一秒，卡被唰地抽走，换了一桌丰盛的二食堂大餐。

KK 把孟教授的饭卡往中间一丢，“实验猿们”瞬间双手合十：“感谢孟德尔赐饭。”说完迅速开动。

黎琬一脸纠结：“这不太好吧……”

“有什么不好的？”KK“嘁”一声，“我筛了一上午的荧光，眼睛都快瞎了！这得算工伤，拿他饭卡补补怎么了？”

“再说了，这不有师姐你罩着吗？”KK 一脸讨好地笑，“黎师姐，据我观察，你们总裁的美人计奏效了。”

“嗯嗯嗯！”小 lo 妹不停地点头，腮帮子嚼红烧肉，“以前的钦差都直接被他扫地出门，他还让你在办公室吃油条！这是灵异事件啊，回去我要卜一卦。”

“封建迷信。”外号叫柯南的博士后很不屑，推了推眼镜，“从生物学上来说，是雄性荷尔蒙。”

7.

“他一个老道士哪儿来的荷尔蒙？”KK 大笑，“你记不记得上回那个？前凸，后翘。”他双手前后比画，又学女人的娇音，“孟教授，你研究生物的，你说身材突然变好算不算基因突变？黎师姐，你猜那老道士说啥？”

黎琬茫然摇头。

KK 学孟西板着脸：“假体不算。”

“……”

“实验猿们”笑趴一片，黎琬也忍不住“扑哧”笑了。没想到热心肠的邻居还有这么毒舌的一面，她试图帮邻居挽回形象：“其实孟西人挺好的，又随和，又热心，又……”

众人像看史前生物一样看她：“你从哪里看出来的？”

黎琬无奈，一时也不知道怎么说，只好指了指桌上的饭卡。这个最直观。

“这不是中了师姐你的美人计吗？”KK 嘿嘿，又指着自己的黑眼圈控诉，“看看我的待遇，看看，都被虐成国宝了！要是再来点实验，我直接投奔动物园算了！”

另外几只“国宝”深以为然。

黎琬憋笑：“你们别 YY 了。孟西同意我来，完全是因为项目。我看过资料，之前实验室的投资都是国内的，根本不需要‘钦差’。但这回的资方，也就是我们公司，有新加坡背景，属于一带一路下的中新合作项目。双方都是初次尝试，自然需要更及时地沟通。所谓两国相交，不斩来使嘛。”

“他就算了吧！不仅斩来使，还斩自己人。”KK 抱怨，众人附和。

黎琬笑了笑，想起放弃外卖等着饭，还被人吐槽的孟教授，心生怜悯，加快吃饭速度。

孟西收到土豆牛肉便当时，还是热腾腾的，饭盒缝隙飘出牛肉香。他没急着吃，把百叶窗一关，然后各个角度各种滤镜地拍。最后从几十张中挑了张最满意的，精修，发给栾鹤立。

正吃大餐的栾总觉得他有病，拍了满桌海鲜发过去。

孟西轻蔑一笑，炫耀似的敲键盘：“黎琬买的。”

啃龙虾的栾鹤立猛呛两声，对面的网红妹子忙递纸巾。他看一眼妹子，又看一眼屏幕，颓然叹气——可笑自己绯闻无数，却还是单身，也没个目标，想想也挺惨的。

他情绪正低落，孟西又发来消息，她妈妈做的更好吃。

都见过家长了！

栾总内心更不平衡，手机砸入冰桶：“呸！‘叫兽’！”

孟教授吃饱喝足，一整个下午干劲十足。

快下班时，他默默拉开百叶窗。隔着玻璃，小豌豆正伏案工作，脸颊被暖气熏得发红，耳垂圆嘟嘟的。

他不由自主地挂起笑，看了一阵，才轻敲玻璃。

黎琬微怔，抬头时一脸茫然。

孟西打个“进来”的手势，她忙抱了笔记本进去。孟教授总有很多专业意见，她需要一一整理分析，上报栾总，再做进度调整评估。

孟西看她一副听力考试的姿态，有点想笑：“你房子找到了吗？”

黎琬认真地敲键盘“你房子找”……忽然一顿，抬头望他。

“我们小区，拎包入住，免房租。”孟西看着她，“如果你今晚有空，我去帮你搬家。”说完去拿车钥匙。

黎琬还没完全反应过来，就稀里糊涂跟他上了车。

真是个行动派……

车子开上路孟西才解释，原来房子是文学院一对老教授的，上个月退休回老家，房子才空出来。

老两口不想应付租客，只想找个靠谱的人住着，让房子有点人气，不至于荒废。

找到之前，就拜托孟西看房子。昨天他把黎琬的情况一说，老两口欣然同意。

“文学院，老教授……”黎琬觉得有点扯，凝眉看他，“怎么会拜托你看房子？”

“近吧。”孟西淡定地打方向盘，好像在笑，“我对门。”

黎琬愣住。

这也太巧了吧……巧过头了，却又说不上哪里不对。

一路上，她问了很多关于房子的事。老教授不愿收租金，她却不好意思不给，只好拜托孟西从中协商。

车停在公寓楼下，二人上楼。刚出电梯，黎琬忽一个激灵，一把将孟西往回拽。

孟西不解。

“要不改天再搬吧？”黎琬吞吞吐吐，“我都没怎么收拾。”

年轻的孟教授眉头一皱，审视她。

黎琬眼神闪烁：“会很久的。”

“我等你。”

“那个……你那边的房子我也没看过，万一不合适呢？”

小丫头慌慌张张，找借口的样子太明显，眼睛还偷偷朝门口的鞋架瞟。

孟西瞄了一眼。

鞋架上摆着一双棕色男式皮鞋，看起来是经常穿的。

他收回目光，微微倾身，刚好能与小丫头平视。

黎琬一慌，抵着墙壁，手背在身后悄悄抠掌心。

“心虚？”孟西凝视她，朝皮鞋的方向偏了偏头，“都分手了。”

“没心虚，但你……”

黎琬哽住，叹气。

章宵的冷嘲热讽她是见惯了，可孟西没必要陪她听这些，他只是一个善良热心的邻居。

善良的邻居看着小豌豆纠结的表情，忽然笑了：“傻子。”他揉揉她的头发，摊手，“钥匙。”

黎琬有点蒙。

邻居的笑很好看，温柔又包容，就像小时候他讲题时，揪揪自己的马尾辫，说："傻子，先算括号内的。"

然后她就中邪似的先算括号内，却忘了加减乘除的顺序。

此刻，她像是受到童年阴影的支配，中邪似的拿出钥匙串，中邪似的放在他掌心。

钥匙插入门锁，"咔嚓"一声，门开了。

门内的章宵一下子站起来，刚要开口，竟看到孟西，半开的口瞬间僵住。

面前的茶几上放着包装精美的生日蛋糕，白色浮雕盒子，粉色缎带，还绑了一枝红玫瑰。

小豌豆的生日是腊月，早过了。

孟西："章律师生日啊？"

他语气随和，像和熟人打招呼，说完又转向黎琬。

小丫头呆愣地站在门口，看着蛋糕不知所措。他弯腰凑近，低声："给我拿一双拖鞋。"

黎琬呆呆地看了孟西好一阵，才慌张地拿出拖鞋："你，你先坐会儿，我去收拾。"说完就溜进房间。

小丫头也知道自己不太地道，把孟西扔在客厅很尴尬，带进房间也尴尬。进退两难，还是做鸵鸟吧！

孟西心态倒好，随意地在沙发上坐下，自己倒水喝，目光只追随小豌豆的背影，嘴角挂起浅笑。

章宵没眼看，闷闷坐下，心里发酸。

两个男人各坐沙发一头，一阵煎熬的寂静。

黎琬趴在门上听了半天，没吵起来，也没打起来。她松了口气，迅速收拾行李。

卧室门不太隔音，孟西听见好半天才响起动静，只轻笑了声。

章宵听着刺耳，闷笑："她，这么快就找到房子了？"

那语气轻佻，让孟西觉得很不舒服。他的目光扫过蛋糕，在章宵脸上停了几秒后，他问："想复合？"

章宵面色一僵："怎么可能？"他扯扯嘴角，喝口水，"我约了几个朋友过生日，麻烦你们收快点，我……"

"那最好。"

孟西扬眉，似笑非笑。

一小时后，黎琬推着两个大行李箱出来，目不斜视地向大门走。

孟西也顺势起身："拿齐了？"

黎琬点了点头。

热心的孟邻居帮她扫视一圈，目光一顿，凝视冰箱。他走过去，打冰箱门，抽出一大袋饺子和香肠，冲着黎琬抬了抬下巴。

小丫头一愣，昨天妈妈让带的，还没吃呢。

"走吧。"

孟西抬腿，接过她的箱子，轻松地一手一个。

黎琬忙跟上，刚迈出门，她一下顿住，高跟鞋的声音戛然而止。

孟西回头，章宵抬眼。

不走了？

两个男人的目光同时袭来，都炙热，都紧张，像拔河一样拉扯着她。

黎琬没有在意，只是摸出钥匙串，取下租屋钥匙放茶几上。

声音很轻，几乎听不见，却让人心中一震。

温柔如水的人，心中亦有猛虎。

天黑下来，C市华灯初上，行道树上亮起了各式各样的彩灯和灯笼，整个城市像置身斑斓星空。一群穿汉服的年轻人游街而过，手提莲花灯，嘻嘻哈哈拍照。

黎琬望着车窗外的繁华："今天是元宵节。"

章宵出生在元宵节，所以叫章宵。以前黎琬不记得元宵节，只记得他生日。但从今天起，每年的这一天，该过元宵节了。

孟西看她一眼，含笑："元宵节要吃汤圆。"

话音刚落，车停在便利店门口。

"饿不饿？"

孟西扶着方向盘微微倾身，目光落向她的小腹。

黎琬心脏一提，悄悄移动手掌捂着肚子。早上肚子叫那一声实在太丢脸了！说好的职场女精英，干练OL人设呢？

她偷看孟西一眼，他居然挂着笑！嘲笑？讥笑？

黎琬咬牙，虚伪地摇摇头。

孟西轻笑："那陪我吃点？"

说完，他就带着黎琬走进便利店。

黎琬这才想起，二人一下班就去搬家，他也没吃晚饭。

"不好意思啊，害你饿肚子。"她决定将功补过，从冰柜里拎起一袋速冻汤圆，举在胸前露齿一笑，"一会儿我来煮吧。"

“……”

下一秒，黎琬笑容凝固。

孟西正拿起货架上的糯米粉和汤圆馅料。他半回头，看着她手中的速冻汤圆皱了皱眉。

他的眼神好像在说：你平时就吃这种东西？连汤圆都不会包？

被嫌弃的黎琬忙将速冻汤圆塞回冰柜，一把关上，尬笑：“手工的好，手工的好……”

可她真不会啊！

早知道改天再将功补过了。

回小区的路上，黎琬一直旁敲侧击。

“其实，我平时很少做饭的。”

“那我很荣幸。”

黎琬一噎：“你，这么喜欢手工制造，经常做饭吧？”

“没时间，吃食堂。”

“……”

黎琬彻底放弃了，还是偷偷百度吧。

小豌豆的新家在 2 区 3 栋 3 楼，一层楼只有两户，门对门，密码锁，两户共用一部入户电梯。

孟西提醒她电梯标号是 2331，别认错了。出了电梯，黎琬一抬头，孟西的门牌 2332，自己的……2333……

“谢谢啊！”她靠着门冲他一笑，“我先进去放行李，汤圆包好了叫你？”

孟西没说话，双手压着行李箱的拉杆不放，只是看着她。那眼神，像观察生物实验室的小白鼠。

黎琬扯了扯拉杆，未果。

他不满意?

她试探道：“那……煮好了给你送去？”

话音未落……啪!

孟西把两边的行李箱朝前一推，抵在门上，将小豌豆圈住。

8.

小豌豆蒙了。

孟西偏头凝视她，微卷的额发耷下来，半遮着眉毛。他不明白，小丫头明明不会包汤圆，为什么死撑？趁着放行李去百度吗？百度有他靠谱?

“你是不是只会说谢谢？”他微微倾身，更仔细地观察她，“嗯？”

他就那么直直地、毫不避忌地看她，像要把她看穿。

黎琬的脸唰地红了。

变炭烤豌豆!

她还是头一回和除章宵以外的男人靠这么近！但章宵的声音洪亮明媚，孟西却是磁性的低音，邪恶却撩人，像古装剧里挖墙脚的反派王爷。

孟王爷盯着炭烤小豌豆，皱了皱眉：“向我求助有那么难吗？”

她从小就是这样，作业不会也自己憋着，课本拿不动也硬扛，最后在楼道晃晃悠悠洒一地。

后来孟西学了心理学才知道，这叫社交恐惧。

若非必要，能不说话就不说，就算付出更多时间精力也不愿求助别人，在人群里也只想当个透明人。

可孟西自认不属于她的社交范畴。

所以……她为什么憋着？

黎琬抿了抿唇，手心冒汗：“已经很麻烦你了……你又饿着……而且，我想谢你……”

还真的只会说谢谢。

孟王爷有点恼，恼极反笑：“真要谢谢，也不在这个上。”

那个笑，反派、邪恶、意味深长……

他退开，拎走食材，转身开门：“你先收拾，包好叫你。”

在黎琬还没反应过来的时候，孟王爷已不见人影。

回房粗略收拾了一下，小豌豆就躺在床上滚来滚去，精神恍惚。

我是谁？我在哪儿？发生了什么？

孟西的反派脸一直在她脑子里打转，他的声音响在她耳边：真要谢谢，也不在这个上……

那在什么上？

还有他临走时的那个笑容，笑得她头皮发麻。

黎琬打个寒噤，一翻身，头埋进枕头里。

瞌睡虫上来，晕晕乎乎的，她梦见一顶八抬大轿，孟西一身华服从轿子上下来，前呼后拥，背景是一栋大宅子，牌匾写着“西王府”。

她正跪在门口，蓬头垢面，衣衫褴褛，看见孟西就扑上去，抱大腿哭：“孟王爷行行好，小女子三天没吃饭了，赏口饭吃吧！速冻汤圆就行！”

一圈侍卫立刻提刀一拥而上。

孟王爷淡定地抬手制止，居高临下地看着小乞丐，声音磁性低沉：“叫什么？”

“小豌豆。”

“速冻汤圆……你就吃这种东西？”孟王爷一脸嫌弃。

小豌豆委屈巴巴，憋着不敢哭，哼唧：“我不会包……”

孟王爷看了一阵，袍服潇洒一掀，蹲下身，勾起嘴角。

那个笑，反派、邪恶、意味深长……

“喂饱你，拿什么谢本王？”

小豌豆可怜兮兮，泪光闪闪：“小女子身无长物。”

“身？”孟王爷的目光在她身上游走，十分玩味，看得小豌豆头皮发麻。

“王爷不要！”

黎琬大叫一声，猛然惊醒。

手机屏幕同时亮了。

孟西的微信：“包好了，门锁3536××××。”

黎琬一惊，仿佛看见孟王爷身穿单衣，坐在雕花床上，沉着声道：“过来，还要本王教你吗？”

她猛甩头，噗噗洗了把冷水脸，才敢过去。

虽然有密码，黎琬还是礼貌性地按了门铃，没人应。

什么鬼？

她开门进去，左看右看也不见人，只有茶几上放着一盘包好的汤圆，足有二十多个。

房子的结构和对面差不多，不过对面是中老年文艺风，书画、根雕、工夫茶……而孟西这里，极简，黑白灰，性冷淡，沙发上还搭了件男人的灰蓝色家居服。这种风格，还真像 KK 口中的老道士。

一扇门里传出哗啦啦的水声……那个方位……黎琬一下收回目光。

不会是在洗澡吧？

她脑中又不受控制地浮现孟王爷的笑：过来，还要本王教你吗？

走开！走开！

黎琬双手在眼前胡乱舞了几下，狠狠闭眼，坐下默念：“封建余毒，封建余毒，反帝反封建，反帝反封建……”

此刻，被困在浴室的“封建余毒”正急得焦头烂额。

上衣落外面了！

刚才听见开门声，他确定小豌豆就在客厅。

怎么办？

冲出去？

他关了水，水蒸气慢慢褪去，镜子中映出男人希腊神像般的上半身。洗过的头发湿漉漉的，水顺着额发滴下，男人眉头紧锁。

这脸，这锁骨，这潮湿的腹肌……客观来说，很诱人。

小豌豆会不会觉得自己要流氓？

孟西皱眉，拽过浴巾披上，犹抱琵琶半遮面，聊胜于无吧。

他硬着头皮出去，边走边擦头发，尽量装得随意。

不过……

沙发上的小豌豆好像根本无视他，她紧闭眼睛，双唇快速张合，像念经。

色即是空，空即是色？

孟西觉得挺好笑，看看自己的身材，又有点屈辱。小丫头定力还挺强。他站在沙发后抱臂观察一阵，隔着靠背，忽然倾身：“念什么呢？”

声音很轻，很低，像穿堂的凉风。

黎琬吓一跳，回头就撞上孟西的脸。这眼睛、这锁骨、这潮湿的腹肌……水汽氤氲，肌肉线条流畅，他浑身都散发着雄性荷尔蒙。

黎琬表情紧绷。背后骂人被抓现行的感觉，她今天算是领教了。对方还是光着身子抓她……她好想撞墙！孟王爷饶命，小女子再也不敢了！

在小豌豆做心理建设的时候，同样紧张的孟西，已迅速套上衣服，装得十分淡定，还此地无银地戏谑一笑：“被我迷住了？”

他顺手擦头发，一滴水珠溅到她脸上。

凉丝丝的……

黎琬一个激灵。

孟西看着她似笑非笑。

有什么好笑的？

她咬咬唇，觉得自己今天在他面前的所有反应都丢脸又尴尬。小时候她在孟西眼里就是智商不高的形象，现在情商也扑街了。

黎琬深呼吸，冷静，要冷静，社交达人夏美玟说过，不正经的玩笑能化解一切尴尬。

她假装大大咧咧：“孟教授……的确很迷人啊，不然也不会被当成隔壁老王。哈哈，是吧？”

“……”

显然，孟教授觉得不好笑。

黎琬心虚，端起汤圆就要溜。

孟西拦住她。

“你辛苦了，我去煮就好。”她尬笑。

孟西纹丝不动，静静垂眼看着，就像掌心放了颗跳跳糖，默默看她蹦跶来蹦跶去，也很有趣。

黎琬的表情却越来越复杂。

好一阵，他终于忍不住笑了声，抬手指：“厨房在那边。”

“啊？哦哦。”

黎琬忙掉头，顺着他指的方向咕噜咕噜滚去，开电磁炉、烧水、下汤圆……

孟西的笑容还未消散，穿上衣服后明显放松了。他靠上沙发，跷着二郎腿刷文献，刚翻了一页、两页、三……算了！他把手机一扔，目光移向厨房。

厨房是开放式，刚好能看见小豌豆的背影。她在脑后绑了个小鬏鬏，家居服毛茸茸的。大概不熟悉环境，她有点手忙脚乱，和小时候煮汤圆一样……

小时候那次，是她第一次煮汤圆吧……

九十年代的单元房里，秋天的太阳细碎洒进玻璃窗，女孩子穿着幼稚的毛衣，笨拙地打开炉灶，笨拙地烧水，笨拙地将一个一个的汤圆丢入锅，溅起水花……

十三年了，煮汤圆和吃汤圆的人都没变。

这样的小事，她大概早不记得了。

她更不会知道，当年的芝麻馅，成了孟西十三年苦涩人生中唯一的甜。

续命之味，贪得无厌。

“孟西，你家碗放哪儿了？”

回忆被打断，他走过去，越过她头顶，打开碗柜。男人坚实的胸膛几乎撞上她的头。

“你吃几个？”黎琬问。

孟西没有说话，只是摆好碗，看着她。

黎琬急着捞汤圆，看他一眼：“那我舀着，你喊停。”

一个、两个……十五个……二十个……还不喊停？还不够吗？再舀她就没有了……

黎琬舀着第二十一个不想放进去，试探道：“要不，再包点？”

孟西根本听不见，只温柔地看着她，好像忽然懂了什么是岁月静好。

“孟西？”

他傻了吗？

“孟西？”

别看我呀！大哥你看看碗，都快装不下了！

孟西依旧没反应。

黎琬觉得自己大概得寸进尺了，包好了给你蹭吃蹭喝就不错了，还嫌少。她叹了口气，不情不愿地继续舀给他。

“抱歉。”孟西忽然开口。

黎琬手一顿，愣了愣：“没事，你多吃点是应该的。”

“不是这个。”

抱歉，为当年的不辞而别。

抱歉，为十三年的缺席。

抱歉……但，我回来了……

他展眉一笑，一把抓过她细小的手腕，就着她手中的汤勺咬一口汤圆。

她惊呼：“烫！”

“好甜……”

黑芝麻馅缓缓流出，和十三年前一样，浓郁香甜。孟西含着笑看着她，细嚼慢咽，一个、两个、三个……续命之味，贪得无厌。

第二章

给你的爱，无关风月

9.

元宵节过后，实验室更忙了，每个人都马不停蹄。

小lo妹刚筛完荧光出来，就看到孟西与黎琬一起出门。二人肩并肩，相视一笑，看上去很默契的样子。

她望着背影，若有所思。

“喂！”KK从背后拍她。

小lo妹吓一跳。

“看什么呢？元宵节回来就看你不对，不是盯着老孟就是盯着黎师姐，你看上他们谁了？”

“你不觉得，他们有点不对劲吗？”

KK没懂。

他们不是一直都不对劲吗？你现在才发现？

小lo妹看KK的表情就知道他想什么，她摇头：“是更不对劲了！”

她勾勾手指，压低声音，“你别跟其他人说啊。元宵节那天我们汉服社不是组织游街吗？你猜我看见什么了？”

KK不以为意：“他俩开房？”

“嗯……差不多吧……”

“啥？”

KK大叫一声，“实验猿们”迅速聚拢。

A君：“谁和谁开房？”

B君：“劲爆啊！继续，继续！”

C君：“我看看论坛有没有人爆料。”

……

闹哄哄中，柯南淡定地扶了下眼镜：“证据呢？”

众人齐齐偏头转向小lo妹。

小lo妹吓傻了：“就，就……孟老师和黎师姐……就一起逛便利店，一起……回小区……”

众人保持着科研的严谨态度，投来质疑的目光。

“我发誓！我们汉服社的人都看见了！”

柯南：“万一刚好住一个小区呢？”

“不可能！”小lo妹笃定，“孟老师还推着两个超大行李箱，显然是搬家。对了，粉红色的，能是他自己的吗？”

KK：“同居的节奏啊！”

柯南淡定一笑，推眼镜：“怕是隐婚。”

咦……

众人倒吸一口气——这料太猛，脑子有点承受不住啊！

“被隐婚”的两人毫不知情地踏入鹤行基金。

这是黎琬去实验室后参与的第一个会议，项目的大股东都会出席，栾鹤立十分重视。

会前他千叮咛万嘱咐，把黎琬也弄得紧张兮兮的。

“紧张？”电梯里，孟西垂眼看她。

“多少有点吧。”黎琬深呼吸，“这是我第一次独立跟项目，那些股东可都不是善茬。”

“傻子。”

嗯？

“你当我是摆设吗？”

电梯门开，孟西顺势出去。

黎琬却愣在原地，眨眼看他。

小豌豆的反应总是慢半拍，孟西笑了笑，捞过她的手腕牵出来。

电梯口几个同事投来八卦的目光。

“老孟！”

栾鹤立大嗓门，大步流星地走过来。

一看见老板，同事们立刻钻进电梯，迅速关门。

黎琬吓一跳，这才意识到手被孟西抓着。她一把抽回，滑滑的，像条小泥鳅。

孟西只觉掌心一空，若有所失。他回头看她，小豌豆脸颊绯红，头快埋到脖子里了。

栾鹤立摸摸下巴，打量二人：“你们这是……”

“栾总，我先去准备会议。”黎琬鞠躬，迅速溜了。

孟西憨笑，栾鹤立一把搂过他的脖子，邪笑：“行啊，老孟，家里藏一个，办公室勾搭一个。”

孟西一脸莫名。

栾鹤立翻个白眼：“别装了，你们校园论坛那个帖子都成置顶帖了。”

孟西：“你看我们校园论坛干吗？”

“最近结识了几个妹子，嘿嘿，都是你们学校的。这儿，看看看！”

栾鹤立点开论坛在孟西眼前晃，排在第一的帖子写着：“男神教授夜会短发美女，猜猜她是谁？”

配图是一男一女进小区的背影。

下面一群人回：

“是我！是我！”

“楼上不许抢！是我本人没错了！”

“我和孟男神的事居然被你们发现了，嘤嘤嘤！”

……

其实栾鹤立也不确定是孟西，天太黑，拍得模糊不清的，不过是逗他玩。

孟西扫一眼：“我和黎琬。”

What？

栾鹤立手中的手机差点吓飞。

孟西无语：“帮她搬家，她住我对门了。”

“你对门……”栾鹤立若有所思，“不是一对老教授……等等，他们走后，你怕新租客吵，不是自己租下来了吗？你这是……金屋藏娇？”

二人停在会议室门口。

孟西隔着玻璃看一眼里面，黎琬正在准备会议资料，兢兢业业，检查了一遍又一遍，丝毫不知老板正没心没肺地八卦自己。

小豌豆太可怜了。

孟西警告地看向栾鹤立："别乱说话。"

栾鹤立看一眼黎琬，又看一眼他，眼珠转转："也行！那待会儿会上，你也别乱说话。"

"经费没跟上是事实。"孟西毫不让步。

"大哥，我真没钱了！"栾鹤立哭号。

"那是你的事。"

孟西裤兜一插，径自走入会议室，留栾总一脸怨念。

会上，一圈新加坡的中年大叔西装笔挺，都比栾鹤立大了一轮不止。那氛围，像是家里的叔叔伯伯等着审核他女朋友。

栾鹤立朝黎琬使了个眼色，她打开PPT开始全英文汇报。第一张图是素纱襌衣的文物图片。

"1972年，西汉素纱襌衣直裾在长沙马王堆辛追夫人墓出土，是世界上年代最早、最轻薄的衣服，通身重量仅49克。

"1998年，我国成功复刻过。但直到现在，也无法做到批量化生产。主要的技术难度在蚕丝改良。

"我们的项目，正是希望将这种非遗工艺与生物科技结合，实现批量化、市场化的目标。"

她又讲了市场分析与对标研究，剩下技术上的汇报，便交给孟西。

孟西一站起来，栾鹤立唰地出了一身冷汗。

孟西不紧不慢地走上前，双手撑着会议桌，开启了讲课模式。

“汉朝的蚕丝比现代的更轻更细，是因为蚕的品种不同。首先需要通过基因编辑，将现代的四眠蚕转化为三眠蚕，又要克服三眠蚕蚕丝脆弱的弊端……”

股东们听得云里雾里，已经开始打哈欠。

孟西继续：“目前通过改变家蚕基因序列，已初见成效，但变异方向仍不稳定。下一个研究阶段，会着重于稳定性的研究……”

等孟西讲完时，会议桌上的人已睡了一大半。

栾鹤立也昏昏欲睡，眼皮一搭一搭，头一点一点。

黎琬冲孟西抱歉地笑了笑，压低声音：“栾总，讲完了。”

讲完了！

栾鹤立瞬间清醒，一蹿而起，鼓掌：

“孟教授讲得好！”

股东们被鼓掌声惊醒，纷纷整了整神色。

一位老股东带着困意，白了栾鹤立一眼：“好？栾少哪里看出来的？报告显示，你们已经两次调慢进度，还能在预计时间投入生产吗？还是说，栾少只图烧钱爽快，根本不考虑市场？”

栾鹤立呵笑：“您当开饭馆呢？上午买菜，下午回本？”

“栾少哪有闲钱投生物科技？”另一位股东冷笑，“都投网红产业了吧！你爷爷在新加坡可是天天看你的绯闻下饭啊。”

栾鹤立撇嘴，跷着二郎腿喝咖啡。

他的嘴还没碰到杯子，大腹便便的股东刘叔一把打下他的手，咖啡差点洒出来。

刘叔都不正眼看他：“你小子钱都烧没了，所以才拖慢进度吧！最近公司股价跌得厉害，你小子要是玩不动，趁早进入下一轮融资，然后撤资回新加坡。兴许能给我们留点棺材本！”

当初老爷子看重中国市场，才力排众议派栾鹤立来。

可大部分股东觉得风险太大。他们不看好中国的资本市场，更不信任眼前的花花公子。

栾鹤立优雅地抽张纸巾，擦手上的咖啡渍，一脸死猪不怕开水烫的表情，就差吹口哨了。

黎琬觉得奇怪。

栾总平时工作都特别认真，怎么在老股东面前就成了这副样子？

只有孟西看到他的手，捏着咖啡杯，指节绷得发白。

栾鹤立笑了笑，有点无赖：“刘叔您放心，少爷我就算亏到退市，也会保住您老的棺材本。还有你们啊，”他一圈指过去，“少爷我亲自送，保证走得风风光光，体体面面。”

一圈股东脸都气绿了，一个个撑着座椅扶手，火光四溅，随时要干架的节奏。

黎琬第一次参与股东会议就遇见这场面，心脏大起大落跳个不停。

劝？还是不劝？

她刚准备开口，孟西一把按住她的手。

黎琬抬头，两人眼神相撞。他的目光那么从容、沉着，像在熊熊烈火中为她筑了座冰室，隔绝一切焦躁不安。

黎琬的心跳竟然渐渐平缓，却又有些轻快的小跳跃，很是奇怪。

很久之后她才明白，平缓，是安全感；跳跃，是动心。

孟西的声音依旧低沉：“栾总的资金到位很及时。进度调整是整个团队的决定，也在合同规定的范围内。如果不明白，”他向大屏幕偏了偏头，“我可以再解释一遍。”

股东们面色一滞，都不说话了，纷纷泄气地靠上椅背。

孟西弓起食指，在会议桌上轻轻一敲，似乎在说：散会。

股东们走后，栾鹤立才长长舒了口气。他拍上孟西的肩：“谢了兄弟，下个月有笔款进来，放心。”说完就回办公室了。

会议室只剩下黎琬与孟西，空荡荡的，桌上歪歪斜斜放着一堆喝剩的咖啡，颇有种人走茶凉的凄凉。

“豪门恩怨啊……”黎琬感慨，又看向孟西，“其实你一点也不担心撤资吧？新加坡来的股东不了解，但我们都知道，等着给孟教授烧钱的人不要太多！你对于我们公司，或许是救命稻草。可我们公司于你……”

她苦笑着摇摇头。

“也很重要。”孟西望着栾鹤立走的方向，“他不会用资本绑架科技，我放心。”

10.

“资本绑架科技？”坐在车上，黎琬问。

孟西手握方向盘，目光平视前方：“股东们的态度你也看到了。同理，愿意烧钱的人虽然多，但都是想分分钟烧出金子的。但科研不能干拔苗助长的事。”

他语气很淡，眼神却是无比认真和坚毅。科研容不得半点敷衍，于他，是重于泰山的。

黎琬忽然很羡慕他。

有拼力守护的事，很幸福吧。

“还回实验室吗？”孟西问。

黎琬看一眼时间，摇头：“你把我放在学校对面的超市吧，我买点东西。”

按照孟西的习惯，一下午没回实验室，他是要去视察一下的。黎琬心里有了默认，就自作聪明地没有问他的行程。

孟西“嗯”了声。开了一阵，车平稳地停在路边画线的车位，他开门下车。

黎琬眼睁睁地看他绕过车头，愣是没反应过来。

他下车做什么？

缴费？看有没有轧线？总不会绅士到特意给自己开门吧？

“发什么呆？”孟西的脸忽然出现在车窗前，“不去超市了？”

“我，我……”

话音未落，孟西拉开车门，越过她的身子解安全带。

黎琬一瞬屏住呼吸，后背一抵，紧贴在靠背上。二人之间留着微妙的空隙，黎琬的鼻尖刚好对着他的耳根，大气都不敢出一口。

恰在此时，孟西手一顿，偏头看她。

四目相对，情绪繁杂。男人的眼睛黑漆漆的，像一个深邃的旋涡，既有未知带来的恐惧，又令人好奇地想要探秘。

黎琬一下咬紧牙关，小脸绯红。

小豌豆紧张的样子，也很可爱啊。

孟西垂眸一笑，退到车外，做了个请的手势：“愿意下南瓜车了吗，公主殿下？”

黎琬一下回神，看着他摊开的手，哪里敢扶？她只红着脸，抱起单肩包就跳下车，走了几步，又倒回来砰地关上车门。

“锁，锁车门。”

孟西憋笑，扫一眼副驾驶。真皮座椅上有淡淡的抓痕，小豌豆啊，指甲不会痛的吗？

超市里，孟西推车跟在黎琬后面。

购物车里装着中老年钙片、壮骨粉、脑白金……孟西拧了拧眉：“你在养生吗？”

黎琬拿口服液的手一顿，“扑哧”一声：“是给房东教授的！你不是说协商未果，他们坚持不收租金吗？那总要表示感谢嘛。对了，看屋子的装修，他们应该是喜欢书画的老人家。我托人在苏州定制了一套文房四宝，也要麻烦你一起带给他们喽。”

黎琬双手合十，冲他甜甜一笑。

孟西本想说不用，鬼使神差之下，她一笑，他就条件反射地答应了。

身旁一对小夫妻经过，妻子看一眼他们的购物车，朝老公低声抱怨：“看看人家两口子多有孝心！”

黎琬面色一僵，看看购物车，又和孟西对视一秒，假装不动声色地移开视线。

孟西撑着购物车，装没听到：“他们刚说什么？”

“没听见。”黎琬捏紧口服液的盒子，一把塞进购物车，“买完了，走吧。”

孟西低头轻笑，购物车一拐，朝卖菜的区域走去。

黎琬噔噔跟上，抬起手指向收银台："付款在那边。"

"喜欢吃西蓝花吗？"孟西抓起一个西蓝花，冲着她抬了抬。

黎琬一蒙。

"还，还行……"

"凉拌还是清炒？"

"凉拌。"

"宫保鸡丁还是回锅肉？"

"回锅肉。"

几句之后，黎琬才反应过来，这好像不是选择题……热心的邻居正邀请她共进晚餐，并打算亲自下厨。

她有点受宠若惊。

黎琬仰头看孟西，忽然觉得他身上镀了圈金边，头顶也长出光圈，背上展开雪白羽毛的大翅膀，扑扇扑扇，带她脱离外卖的苦海。

孟西真是一个善良的人。

回家后，黎琬准备换个衣服再去帮忙，孟西就先回屋准备。

厨具太久没用,他将菜板菜刀都一一烫过,正擦菜刀,门边传来动静。

孟西没回头，嘴角扬起温柔的笑："今天能找着厨房了？"

"我什么时候找错过？"

只见栾鹤立一手拎着三文鱼，一手拎着白葡萄酒，冲孟西的背影咧嘴一笑。

"哟，这么丰盛，不会是猜到我要来吧？"栾鹤立扫视一圈，把三文鱼往菜板上一丢，去搂孟西的脖子，"咱兄弟的心灵感应绝了！"

孟西的脸一下子垮下来，菜刀狠狠一剁："滚。"

栾鹤立瞬间弹开，颤颤地拿酒瓶对着他：“杀人是犯法的！”

孟西白了栾鹤立一眼，抽走酒瓶，和三文鱼一起放进冰箱：“我晚上有事。”

栾鹤立一脸费解——大哥，你都准备在家做饭了，能有什么事？赶人也不带这么敷衍的吧！

还没问，门锁又响了。

黎琬穿着毛茸茸的家居服，头发已经被绑了起来：“孟西，我……栾总？”

栾鹤立愣住了，和女下属对视几秒，又转向孟西。

孟西一脸吞了苍蝇的表情，一转头，却对黎琬笑得温柔。

“他送资料给我，马上就走。”

他回头又甩给栾鹤立警告的眼神。

“谁说的？”栾鹤立忽然硬气，挺直背，“我来吃饭的。”

他嘚瑟地越过孟西，停在黎琬面前：“欢迎吗？”

治不了老孟，还治不了下属吗？

黎琬求助地看向孟西，这也不是她家，为什么问她啊？

孟西黑着脸，朝栾鹤立丢个西蓝花：“洗菜。”

“得嘞！”栾鹤立利落地接住，快乐地洗菜。

黎琬摇头笑了笑，拿出青椒：“孟西，洗几个？”

孟西还没开口，栾鹤立一把夺过青椒，夸张地惊叫：“怎么能让女士动手？我们孟教授是这种人吗？去去去，那边坐着，好好欣赏孟教授上得厅堂下得厨房的英姿。快去，快去！”

孟西无语，转向黎琬：“去坐会儿吧，桌上有杂志。”

大家都在忙，黎琬有点不好意思走。

孟西凝视她一阵，身子忽然前倾，刚好与她平视。他微微一笑："乖，好吗？"

男人的喉结上下微动，声音温柔得像羽毛拂过心尖。明明是低音，却让人觉得轻飘飘的。

黎琬中邪似的，乖乖转身，乖乖坐上沙发，乖乖看杂志。

看了好几页，她才发现……竟然是生物学期刊。

她一时有些挫败，只觉得孟西像个魔教教主，会邪术的那种。

孟王爷的形象忽然钻进脑子，捏紧她的下巴，笑得不怀好意：怀疑本王是魔教？那便让你见识见识。

黎琬猛地惊出了一身冷汗。她甩甩头，强迫自己看生物期刊。

厨房里，栾鹤立一边洗菜，一边阴阳怪气地学孟西："我晚上有事。"

孟西默默切菜不理他。

"重色轻友说的就是你这种人！"栾鹤立扔个青椒给他，"你们成双成对，凭什么我独守空房？你放心，我又不捣乱，就是围观嘛。关键时刻还能助攻一下，对不对？"

见孟西还不理人，他又开始卖惨："哎！你也知道，我是个背井离乡的可怜人，最怕寂……"

"寞"字还没出口，孟西的刀法噔噔噔越来越快，越来越狠，栾鹤立脸色一白，只好吞回去。

见菜洗得差不多，孟西道："换黎琬来。"

他淡定地热锅，头也不抬，说得自然又强势。

栾鹤立叹气："单身久了遭人嫌，我是个背井离乡的可怜人。"

“你分得清酱油和醋吗？”

栾鹤立一噎，灰溜溜地走开。

“黎琬，你上吧。”他往沙发上一躺，“少爷累了。”

黎琬早就看生物期刊看得不耐烦，这下如获大赦，赶快去厨房帮忙。

孟西冲她温柔一笑：“帮我递一下酱油。”

小豌豆很听话，按部就班地帮他递东西，顺带夸一夸他的刀工。

沙发上的栾总跷着二郎腿，抱臂观看。

好一对郎才女貌、狼狈为奸、自私自利的狗男女！

他不由得打了个饱嗝。

同时发声的，还有黎琬放在茶几上的手机，嗡嗡振动，来电人“玟姐”，头像是个大波浪大眼睛的美女。

栾鹤立朝厨房探了探头，那二人眉来眼去，根本没听见电话。

他看向手机，嘴角邪恶一勾，滑开接听：“喂。”

对方愣了两秒，接着响起狂躁的女声：“你是谁啊？琬琬呢？你是绑架还是偷手机？我跟你说你老实点，我全家都是警察，老娘分分钟报警的！”

“咳咳……那个，美女，我是她上司。”

对方又沉默两秒，更狂躁：“你把她潜了？”

栾鹤立一口气没上来，差点憋出内伤——这女的什么脑回路？

“你等等。”他转成视频通话，对着厨房，一男一女说说笑笑，惬意又自在，“在朋友家吃饭，明白了吗？”

“我去！那男的是谁啊？”

“她邻居啊。”

“是不是姓孟？对她特好，还巨帅的那个？”

“就是他，但我比较帅。”

对方显然忽略了后半句，发出一声意味深长的“嗯”：“好一对瞒天过海的狗男女……我也要来！”

栾鹤立惊喜地扬眉，抱着看热闹不嫌事大的心态，积极响应：“你加我微信，发你地址。”

半小时后，在黎琬和孟西都奇怪栾鹤立为什么要摆四副碗筷的时候，夏美玟忽然出现在门口。

红衣红唇高跟鞋，大眼大胸大波浪。

“你怎么来了？”黎琬有些惊讶。

“他请我来的。”夏美玟朝栾鹤立扬眉一笑。

“你们认识？”

“不认识啊。”

夏美玟将大波浪一撩，冲黎琬眨眨眼，很自然地进来。

11.

四个半生不熟的人坐在一张饭桌上，气氛有点诡异。

夏美玟的眼睛像个扫描仪，打量一圈房子，又打量孟西，好像在出测评报告：经济过关、颜值过关。

她扬起虚伪的笑，转向黎琬：“琬琬，这是谁啊？也不介绍介绍？”

黎琬无语。

连人家是谁都不知道，就跑来凑热闹，您老有病吧！

她没理，有点抱歉地看向孟西：“她是我朋友，夏美玟。大概是在对门没找到我，所以才……她搞艺术的，可能脑子有点异于常人吧。对不起啊，又给你添麻烦了。”

小豌豆可怜兮兮的，像极了被恶霸纠缠的小朋友。

孟西垂眸笑了笑，还没开口，栾鹤立抢过话头：“不麻烦，不麻烦！中国人不是说，四海之内皆兄弟吗？对吧，大兄弟？”

他朝夏美玟咧嘴一笑。

女人白他一眼，顺手撩一下大波浪，又阴阳怪气地瞪黎琬，好像在说：我是让你介绍那男的！你还挺护食儿啊！半个字没透露，倒把你玟姐卖了个干干净净。

“孟西，”孟西忽然开口，依旧嗓音低沉，“男，二十九岁，未婚，无恋爱史，S大生物教授。钱不算多，足够养家；人不算帅，比栾鹤立好看。和小豌豆认识不算长，但比你久。”

他的目光停在夏美玟蒙圈的脸上，挂着若有似无的笑容：“还满意吗，娘家人？”

夏美玟：“……”

这是黎琬嘴里那个善良温和，热心肠的傻书生？这蠢女人是不是对“善良温和”有什么误解？

“孟西，对不起！”小豌豆瞪夏美玟一眼，“你别跟玟姐一般见识，她这个人就是爱开玩笑，说话不过脑子，不是那个意思，你别误会。”

“哪个意思？”

孟西微微倾身，直勾勾地看着她，眼神充满玩味。

背后仿佛升起一团烟雾，凝结成孟王爷的模样。黎琬蓦地打个寒噤：“就是……不请自来是她不对，我替她道歉好不好？实在不行，要不我带她走？”

夏美玟一口白葡萄酒差点喷出来，合着这蠢女人觉得她是大魔王，专门来欺负这傻书生？她满脸黑人问号，还没反应过来，黎琬又瞪她一眼，好像在说：不许欺负老实人！

大姐，和你家孟邻居比起来，我不要太老实好不好？

“玟姐！”黎琬严厉地喊了一声，又用口型说了句“道歉”。

夏美玟无语，抓起酒杯往孟西杯子上敷衍一碰，然后一饮而尽：“对不起啊，孟邻居。”

“孟邻居？”孟西皱了皱眉。

“她微信备注的。”夏美玟指着黎琬，迅速甩锅，默默埋头开吃。

孟邻居……在她心里，他就只是邻居吗？和刘阿姨、张大爷一样，连名字都不配有一个？

孟西撑着椅背，皱眉看向小豌豆。

她一双大眼黑漆漆的，亮晶晶的，望着他眨了眨，小手裹在毛茸茸的衣袖里，像猫爪子一样搭在餐桌上。她冲他咧嘴一笑，好像并没有意识到这个备注有什么不对。

孟西绷了绷嘴角，叹口气道：“吃饭吧。”

栾鹤立一副看戏的表情，替夏美玟续了一杯酒：“美女，怪我，忘了告诉你敌军有多凶残。”

“敌军”投来眼刀，栾鹤立立刻闭嘴。

夏美玟嫌弃地看栾鹤立一眼，目光忽然一顿：“你看上去……有点眼熟啊？”

孟西和黎琬一愣，相视一眼，投去八卦的目光。

栾鹤立清了清嗓，挺直背脊，一双桃花眼睨着夏美玟：“霸道总裁栾鹤立，了解一下？”

夏美玟嫌弃地缩了缩，皱着眉头上下打量，忽一定睛，激动地拍桌子：“哦！你就是网上那个，新加坡的，那个……那个天天和网红谈恋爱，那个‘沙雕’总裁！来来来！”

她立马举起手机，把栾鹤立的脑袋朝自己肩头一扳，“咔嚓”一声，然后一边埋头发微博，一边说：“谢了啊，我过段时间开时装发布会，靠你聚点人气。”

栾鹤立愣住，好一阵才反应过来：“喂！你快删了！”

“我不！”夏美玟护住手机，防备地盯着他。

“完了完了完了！今天那群老家伙才拿网红说事，肯定拿这条微博去爷爷那里告状。”

“放心，我不红。”夏美玟觉得屈辱，“才三千多个粉丝，还一半是黑粉。”

“可我红啊！”他一脸纠结，越过桌子就去抓孟西的手，“老孟，救我。”

“滚。”

孟西一巴掌打开，淡定地继续吃。只留栾鹤立唉声叹气，餐桌上萦绕着“背井离乡的可怜人”之类的话。

“别号了！”夏美玟听不下去，端起酒杯就灌他，“叨叨叨，多大点事儿！酒都堵不住你的嘴！”

一来二去，没过多久几瓶酒都见了底。

栾鹤立酒量不行，盘腿坐在桌底，紧抱孟西的小腿，醉得一张脸通

红直在他腿上蹭。

孟西狠踹一脚，栾鹤立反而抱得更紧，哭号道：“少爷太难了！老家伙，糟老头子坏得很！我太难了！”

夏美玟一只脚踩在椅子上，一只脚踏上饭桌，晃晃悠悠，傻笑着高举酒杯：“感谢 CCTV，感谢时装周，这个奖……啊！”

她脚下一闪，黎琬忙扶住。

她抱歉地看向孟西，赶快拉夏美玟去沙发躺着。

“嘿嘿！感谢我的粉丝，感谢我的琬琬，感谢‘沙雕’总裁……”

“玟姐你别说了！”

孟西拖着栾鹤立过去，扔在沙发上，脸色黑得像煤球。明明是请小豌豆吃饭，却接二连三来了不速之客。来就来吧，还捣乱，还耍酒疯！早知道就该全扔出去。

小豌豆倒是善良，不仅扶闺蜜躺好，还给两个醉鬼倒了温水。

“对不起啊，孟西，我马上送玟姐回去。”小豌豆蹲在沙发旁仰面看他，眼睛黑漆漆的，倒是十分真诚。

男人手揣在裤兜里，垂着眸子，拧了拧眉头：“你是不是忘了，我说过什么？”

小豌豆一脸蒙，自己又做错事了？得罪孟西了？

“太晚出门不安全。”孟西皱眉，拉起她朝餐桌走，“我让鹤立的司机来接了。”

黎琬这才想起，上回在机场他的确嘱咐过。

“记得了。”她弱弱应了声，低头盯着碗筷，只觉得心头有些发慌，却又说不上来为什么。

男人的声音低沉，像压着她的心跳，越压制，跳得越厉害。

“再吃点。”

他夹了片三文鱼给她，刚才照顾两个酒鬼，她都没怎么动筷子。

“嗯。”黎琬脸有点红，小手攥着筷子无处安放，鬼使神差地，也往他碗里夹了一块三文鱼。

礼尚往来，没什么不对吧。

孟西却愣了愣，看看三文鱼，又看看小豌豆，嘴角浮起淡淡的笑意，一口一口细嚼慢咽。

“小豌豆，我还想吃西蓝花。”

黎琬脑子不清醒，中邪似的夹给他。

“还想吃回锅肉。”

她又夹给他。

“想喝汤。”

她舀给他。

直到孟西的碗已堆不下，黎琬才回过神来，吓了一跳。她蒙蒙地望着孟西，眨眨眼，善良如孟西，不会故意耍她吧？

孟西绷住笑，在她反应过来之前先发制人。

“‘孟邻居’是什么意思？”他微微倾身，一副兴师问罪的样子，“只当我是邻居吗，咱们都这么熟了。”

黎琬心虚，难怪玟姐提起时，他不大开心。总不能告诉他，自己忘了他是哪个“西”，所以随便存的吧？就像刘经理、张部长、李老师一样。

黎琬目光闪躲：“大概是……远亲不如近邻。”

“哦？是吗？”

小豌豆深呼吸，笃定地点头：“如果骗你，我立马变落汤鸡！”

话音未落，身后压下两个黑影，晃悠悠，醉醺醺，一身酒气。

栾鹤立与夏美玫高举水杯，咧嘴一笑：“泼水节快乐！”

杯子倾斜，孟西一把揽过小豌豆。突如其来，没有防备，小脑袋撞上男人坚实的胸膛，她的脸唰地红了，身子绷得僵直，脑子一片空白。

“哗啦！”

水从男人的头顶流向背脊，初春的夜啊，湿漉漉，透心凉。小豌豆被护得严严实实，从男人的怀抱中露出一双惊愕的大眼睛。

现世报啊。可为什么是报在孟西身上？黎琬心虚，头一埋，像钻地的鸵鸟。

门铃忽然响了，玄关的门禁视频显示出司机孙师傅的脸。下一秒，孟西黑着脸，压着浑身的火气，一手拎一个酒鬼扔出去，关门，一气呵成。

黎琬不忍直视，跟着关门声抖一下。眼睛无意瞟到下午买的那一堆中老年补品，似乎少了点什么，她没敢仔细看，只收回目光乖乖站着。

殊不知，小区门口，两个酒鬼勾肩搭背。栾鹤立贼兮兮地从大衣中抽出一瓶酒，满脸炫耀。

瓶身写着 ×× 中老年药酒。

黎琬端端正正地站着，像个犯错的孩子，小手紧紧攒成拳，缩在毛茸茸的衣袖里。

孟西打量几眼，低声说：“等我一下。”

男人转身走进卧室，出来时，已换了件干净的家居服，只是头发还湿漉漉的，几根细碎额发，耷在精致的眉骨上。

小豌豆低着头，又羞又怕又愧疚，一眼都不敢看孟西。

“手给我。”

孟西手掌抬了抬。

黎琬心里“咯噔”一声，难道他当老师当惯了，要打手心？她一时控制不住，脑补了好多体罚学生的场景。

“快点。”孟西有点不耐烦。

黎琬“哦”了声，怯生生地伸出手。

孟西笑了笑，只抓起她的食指，在门锁上按了几回，将密码解锁改为指纹解锁。

孟西：“以后，闲人免进。”

以后，闲人免进……

黎琬呆愣地望着门锁，有点反应不过来。孟西说的是中文，她能听懂，可又像是听不懂，字面之外总像别有意味。

她心头一紧，“嘭”的一声，好像有什么东西破壳而出，在心尖生根发芽。

夜里躺在床上，黎琬翻来覆去，久久不能平静。孟西的话，就像在她心里放了颗跳跳糖，跳来跳去。

她举起手机，看着“孟邻居”的备注，竟忍不住抿嘴笑。他似乎很不满意这个备注，不如改了吧，改成什么呢？

孟教授？孟西？小西哥哥？

纠结半天，脑中忽然闪过一个名字，黎琬唰地红了脸。她紧张地四下看了看，没有人。她深呼吸，颤抖着小手敲出“孟王爷”。敲完后，她一个翻身，小脑袋埋进枕头里，装死。

睡梦中，是挂满红绸，红烛摇曳的新房。孟王爷一把关上房门，邪笑地盯着小豌豆："以后，闲人免进。"

小豌豆走后，孟西呆站在门边，掌心还残存着她手指的温度。刚才她就像泥鳅一样溜出他的掌心，又惊又慌，还带着不知缘由的脸红。

小豌豆还真是很容易脸红啊。

他握紧掌心回味，垂眸笑了笑。

男人的睫毛半遮着眼睛，目光温柔如水，似碧波上洒下星辉。十三年来，似乎只有事关小豌豆，他才会笑得这样温柔，这样走心。

当年，母亲意外去世，十六岁的孟西与父亲决裂。大概是想彻底独立，他选择进入 S 大的少年班。

原本的计划中，是靠奖学金度日。可去了少年班才知道，天才远不止他一个。在天才中拼杀，并不是每回都有胜算。别人眼中，孟西一直是顺风顺水的超级学霸，似乎所有的学位和荣誉都手到擒来。但只有他自己知道，那段日子有多艰难。

无数次失败的实验，无数个落选的项目，无数篇石沉大海的论文……总是令人心灰意冷。更讽刺的是，高昂的学费和生活费几乎压垮这位天才。

所以，在同学们都在打游戏、睡大觉的时候，他不得不去打工，接生物公司的外包单。不能压缩学习时间，就只能压缩睡眠。最难的时候，他甚至每天只能睡三四个小时。

对于大多数人来说，大学生活多姿多彩，无忧无虑，是最轻松的几年。可对于孟西，只有忙碌，不分昼夜地忙碌。

但每天晚上的九点到十点，孟西即使再忙，也不会安排任何工作。

那是小豌豆下晚自习的时间。

她走在无人的小巷，他就像夜空中不起眼的星星，星光微弱，却默默守护她回家的路。

黎琬一直以为自己的运气很好。

她常听同学说下晚自习回家的路上有地痞流氓，可她从来没有遇到过。

物理老师讲课听不懂，她第二天就能捡到找不到失主的详细笔记，比老师讲得清晰多了。

她想吃一家超贵的点心，就刚好遇到免费品尝活动。

诸如此类，太多太多……

小孩子总是得意于自己的好运，可长大后才明白，你所有的好运，都是别人替你努力过了。

等到小豌豆来S大上学时，孟西的生活已经有了本质改善。课题的奖金、合作的项目……他不用再为生计奔波劳累。他拒绝了国外名校的邀约，决定留在S大硕博连读。他想看着小豌豆兴奋地入学，在各种晚会上翩翩起舞，想看她享受他不曾有过的大学生活。

可他的小豌豆似乎早忘了邻居小哥哥，那时的她，眼里只有法律系的小系草。

孟西准备迈出去的一步，终于还是收回了。

眼看着小豌豆恋爱、毕业、工作，他像是被遗忘的星星，她再不需要他微弱的光芒，她有她的月亮。

孟西终于踏上去美国的飞机，一待就是好多年，却没想到，回国不久就在机场捡到了她。

他永远忘不了，丝丝细雨中，小豌豆可怜兮兮的，像枝摇摇欲坠的百合。

那是他失而复得的宝贝。她丢了月亮，等着一颗星星带她回家。

可孟西一直想告诉她，小豌豆，你从来不需要月亮，你才是该被捧在掌心的明月，你才是那束皎洁无瑕的，照亮了一整个世界的白月光。

12.

次日清晨，阳光透进五星级酒店的套房。

夏美玫一脸震惊地抓着被子，散落的衣服，满地的空酒瓶，其中竟然还有瓶中老年药酒？

更恐怖的是……身边一丝不挂的、白白嫩嫩的栾鹤立！

男人睡得很安稳，好像正做美梦。他扭了扭身子，浮起浪里浪气的微笑。

夏美玫一个激灵，吓得连滚带爬跑去卫生间。她撞上镜子又吓一跳——镜子里的女人衣衫不整，大波浪凌乱，口红都花到鼻子上了，浑身还散发着宿醉的酒气。

酒精充斥着大脑，她依旧不太清醒。最后的记忆是在孟教授家喝酒，再后来……一片空白……

我去！

她朝洗手台狠狠捶了一拳，三下五除二穿好衣服洗好脸，又悄悄地溜回床边穿高跟鞋。

她正扣鞋带时，只听床上“啊”一声惨叫。栾鹤立拥着被子缩在床角，一脸惊恐地看着她：“什，什么情况？”

夏美玟吓得脚一崴。等她站稳了，只白了栾大总裁一眼，强装淡定，然后一脚踏上床沿，扣好鞋带，又掏出手镜补口红。

栾鹤立捏紧被子："我们不会是……"

"没有！"一支口红砸过去，夏美玟迅速背上包包，"反正都喝断片了，不记得就等于没发生，别讹我啊！你要是敢说出去半个字，我弄死你！"说完摔门而出，干净利落，不带走一片云彩。

殊不知，夏美玟腿都吓软了，脑子里只有一个想法：赶紧溜！

栾鹤立愣住了，又蒙又委屈。他慢慢缩进被子，捧着手机欲哭无泪，给孟西发微信："老孟，我不纯洁了。"

孟西正在上课，淡淡扫了眼，顺手拉黑。

没多久，黎琬也收到微信，一连好几条。

栾总："夏美玟的一切资料，下班前发我邮箱。"

玟姐："如果你辞职，我们还是朋友。"

孟王爷："栾鹤立疯了，建议拉黑。"

黎琬抱着手机一脸蒙，一度以为是系统抽风，谁的也没敢回。

"黎师姐？"小 lo 妹的小胖手在她眼前晃了晃，一摞生物学期刊被放在她办公桌上。

黎琬一下回神："这是？"

"孟老师交代的。"小 lo 妹憋笑，"还有他的课程表。"说完迅速溜了。

"实验猿们"追上小 lo 妹，围在一起，飘出八卦的气息。

黎琬随手翻了翻，好像是孟西茶几上的那几本。书中的知识依旧晦涩，却都新做了详细的笔记，深入浅出，即使她这样的生物小白也能懂个七七八八。

手机忽然响了，孟王爷的微信：“昨天看你感兴趣，备注了比较好懂。如果还不明白，可以按课程表来上课。”

过了几秒，好像怕她不来，手机又弹出一条消息：“学海无涯。”

黎琬握紧手机，心里莫名其妙又被放了跳跳糖。

孟西真是个热心善良的邻居！她看向手机，备注“孟王爷”感觉像在抹黑孟西啊。

黎琬伸出头：“KK，小lo妹，你们一般都怎么称呼孟教授？有没有外号？”

KK一秒蹿过来，咧嘴笑：“黎师姐你忘了？孟德尔啊！生物学家加老道士的人设是不是非常贴切？”

小lo妹附和：“他头像也是孟德尔种杂交豌豆的油画呢！”

“老道士？”柯南投来审视的目光，扶眼镜，“那可不一定。”

“实验猿们”若有所思，目光渐渐聚焦到黎琬身上。黎琬脸一红，把头埋得很低，默默将“孟王爷”改为“Mr.孟德尔”。

至于孟王爷……那不是个好人！就算偶尔有好人品，也绝对是装的！霸道凶残、封建余毒，他就该被淹没在历史的尘埃里，警醒世人。

也不知哪儿来的火气，黎琬愤愤打开word，敲下：《天杀的孟王爷》第一章……后来孟西说，她这叫恼羞成怒。

孟教授今天有一整天的课。上午他就像个人体扫描仪，从前到后、从左到右，扫过每一位同学，扫了无数遍，可小豌豆没来就是没来。

孟西一时有点烦躁，午饭只简单扒了两口，下午早早就来阶梯教室等着。

教室空荡荡的，他半靠在第一排的课桌上，手揣在裤兜里，看着墙上的时钟发呆。他看上去懒散又无所谓，可心跳随着时钟嘀嗒嘀嗒，度秒如年。

提前占座的同学说说笑笑进来，刚到门口，直吓得弹出去。孟教授活像尊望妻石，一动不动，眼巴巴望着门外。男神中邪了？要知道，孟教授平时是踩点上课的主啊！

在同学们关爱“望妻石”的眼神中，教室渐渐坐满人，只是没有小豌豆。孟西有些失望，邀请人家听课，果然还是太神经质了吧。

可就在还差几秒打上课铃时,黎琬忽然气喘吁吁地出现在教室后门。

孟西的眼睛像被点亮的星星，他觉得小豌豆身上有一束追光，周围黑漆漆，唯一的主角只有她。就像童话故事里，舞会迟到的小公主。

但不论多迟，只要是你就好。

她今天穿了白色套头毛衣配牛仔裤,平时的高跟鞋也换成了小白鞋,短发卡在耳后，还真有几分学生的样子。

孟西满足一笑。

全教室倒吸一口凉气，校园论坛瞬间炸开锅。

A君：“孟男神笑了？怕不是我眼花！”

B君：“笑容也太甜了吧！送你们一张今日份的微笑西。”

C君：“还在笑！有完没完！老师太帅，层主已猝死，有事烧试卷！”

D君：“同学们，别忘了下节课随堂测验。”

众人：“D君滚出！”

……

上课铃打响，小豌豆一慌，蹑手蹑脚地坐在了最角落的位置。

旁边的男同学看黎琬一眼，好心提醒："下回别踩点，孟老师很凶的，小心挂科！欸，同学，你不是我们班的吧？专门来看孟老师？其实我长得也还行呀！"

黎琬"扑哧"一声，刚要回答，孟西的眼刀扫来："甄克连。"

"到！"男同学举手。他吐口气，还好这节课来了。

孟西："记旷课一次。"

甄克连："孟老师我在这儿呢！这儿！这儿！"

孟西淡淡地扫一眼："上节课的。"

甄克连："……"

他朝黎琬吐一下舌头，再不敢课上说话，以身试法证明了孟老师很凶，小心挂科。

同学们面面相觑，杀鸡儆猴的效果很明显，整个课堂都严肃认真，和谐友爱，没人敢发出半点声音。

孟教授的心情似乎很好，黑色风衣敞开，双手撑在讲台上，风度翩翩。PPT 上播放着各种基因序列的图片，他一边讲 PPT，一边写公式，时不时还温和一笑。

可经过了甄克连的事，同学们总觉得他笑里藏刀。

黎琬翻开教材，眼睛在教材和 PPT 之间反复切换，把自己搅得越来越混乱——孟西似乎讲得很好，可自己一句也听不懂！

她一开始还想着多学一点，能在项目上帮助孟西和股东们沟通。现在看来，到底是谁给自己的勇气？梁静茹吗？

黎琬叹口气，终于合上教材摸出手机。

甄克连的余光看到，本想提醒，可一看到讲台上的孟教授，终于还是憋了回去。他向黎琬投去同情的目光：小美女，还敢玩手机？等着挂科吧！孟教授才不会怜香惜玉呢！

此时的甄克连不知道，自己立马就被打脸了。

第一节课打下课铃时，黎琬已经趴在课桌上睡着了。直到第二节课开始，她依旧没有醒，只是身上多了一件黑色男士风衣。

旁边的甄克连一脸紧张，满头冷汗，看看睡觉的女同学，又看看孟教授。课间十分钟的事像电影一样在他脑中循环。

刚刚是幻觉吗？

孟教授赶他起来，给女同学搭上了自己的黑风衣，就这样一直坐着，目不转睛地看着她，还挂着一脸傻笑，直到上课。

甄克连打个寒噤，瞬间觉得如坐针毡，悄悄把椅子挪远些。

其他同学也时不时朝黎琬瞟，有几个还拿出手机偷拍，准备去校园论坛爆个大料。

孟西的讲课声戛然而止。

教授的脸又黑了，同学们的脸却一瞬白了。诡异的寂静，整个教室的同学都揪紧了心。

孟西扫视一圈，声音又冷又沉："谁再玩手机，直接挂科。"

同学们吓得一哆嗦，纷纷把手机往桌洞一丢，坐直认真听讲。

当天，校园论坛虽然传得沸沸扬扬，但到底无图无真相，最后不了了之。

黎琬醒来时，教室早空了。她眼皮一搭一搭，模糊地看见孟西坐在身边，默默备课，好像等了很久。

“不好意思啊。”

黎琬揉揉睡眼，尴尬地笑了笑。男人的风衣还搭在肩上，带着他独有的温暖。黎琬不由得缩了缩。

孟西慢悠悠地写完教案才抬头，凝视她半晌：“睡得这么香，是上课无聊，还是我无聊？”

男人的声音又低又轻，像一片羽毛拂在心尖。黎琬一下抿紧嘴唇，指甲抠着椅子：“实在是听不懂。”

她头埋得很低，似乎在为自己的智商羞愧。

孟西笑了笑，目光落向她的手机：“看来，小豌豆还是更喜欢文学啊。”

手机屏幕上还亮着《天杀的孟王爷》的文档，刚才好像无聊准备写来着，写着写着就睡着了……黎琬一个激灵，瞌睡瞬间醒了。

她一下扑过去挡住：“你，看见了？”

“心虚？”孟西的眼神带着玩味，“写什么了？”

黎琬脸一红，拨浪鼓似的摇头：“不是我写的，是网络小说。”

孟西不置可否。

黎琬心里七上八下，还要再试探，手机忽然响了，吓得她一身冷汗。

来电是黎妈妈：“琬琬，周末回来一趟，妈妈有事跟你说。”

黎琬：“什么事？”

黎妈妈：“问那么多干吗？回趟家还不乐意了？你现在又没恋爱谈，不回家还能干什么？”

黎琬：“……”

黎妈妈：“行了，行了，我和你爸的电影快开场了，就这样啊。”

“嘟嘟嘟……”

孟西：“家里有事？”

黎琬耸肩：“让我周末回家，大概是他们想我了吧。”

孟西垂眸一笑，揉了揉她的脑袋：“有家人想你，是一件很幸福的事。”

不知怎的，黎琬觉得男人眼中有一丝落寞一闪而过，让人怀疑是自己看错。

13.

傍晚，栾鹤立给孟西打了一整天的电话，终于通了。他捧着玟姐的口红，精神恍惚，委屈地哭诉了早晨的遭遇。

孟西：“哦。”

栾鹤立：“哦？不是，你说她会不会不好意思啊？这支口红是不是就和灰姑娘的水晶鞋一个意思？或者，她觉得我不够真诚？你知道的，我不是那种不负责的男人！”

“我不知道。”孟西一脸冷漠。

栾鹤立：“她不接电话，也不回微信，不会想不开吧？你说，我要不要直接见她爸妈去？”

孟西无语，啪地挂断。很不幸，栾总又被拉黑了。

不过……见爸妈……

孟西看向墙角一堆滞留的中老年补品，正愁没办法处理。他脑中灵光一闪，掏出手机给黎妈妈发微信：“阿姨，我周末来看您和叔叔。”

周末，清早，孟西敲开小豌豆的门。

“什么时候回去，我送你。”

小豌豆睡眼惺忪，看孟西穿得又帅又整洁，发型打理得一丝不苟，手中还提了几大包中老年补品。这补品，怎么这么眼熟？

孟西：“去看叔叔阿姨，不知道买什么，参照你上回的买了一份。”

黎琬脑子不太清醒，孟西说过要一起回家？没有吧？

中午到家时，黎妈妈脸上笑开了花：

“小西也真是的，来就来吧，还买东西，又不是外人！下回不许买了啊！”

孟西只微微一笑：“琬琬买的。”

正换鞋的黎琬抬起头，一脸蒙。

“她？”黎妈妈呵呵，对自家女儿十分不信任，“你就护着她吧！琬琬要有你一半懂事，我和叔叔就烧高香喽！”

黎琬无语，我招谁惹谁了？

黎妈妈热情地拉孟西进屋，完全没理自家女儿。黎琬本来也没睡醒，灰溜溜地跟在后面，像个丧尸。

黎爸爸一边摘围裙，一边从厨房出来。他脸圆圆的，头有点秃，微胖的肚腩鼓起，笑起来活像弥勒佛。

“小西快坐。长这么高了，越来越帅了啊。”黎爸爸招手。

“叔叔好。”

孟西扬起好孩子的笑容，又乖又有礼貌，在黎家爸妈的热情簇拥下落座。

黎琬眨眨眼，茫然地望着爸妈：“你们看不见我吗？”

爸妈默默抬头看她一眼，又继续和孟西拉家常。

黎琬无语，自己在家里的地位已经这么摇摇欲坠了？怎么他们看上去更像一家三口？鬼使神差地，竟然生出一丝危机感，黎琬皱眉，默默坐下扒饭。

黎爸爸：“小西，叔叔做的菜还合胃口吧？”

孟西笑着点头：“都说会做菜的男人最有魅力，所以叔叔才能娶到阿姨这样的女神吧。路上还跟琬琬说，我是来跟叔叔取经的，不然以后都找不到女朋友。小豌豆，你说是不是？”

“咳，咳咳！”黎琬正喝汤，差点被呛着。

他说过这话吗？

黎家夫妇倒是笑得咯咯的，对孟西的恭维很是受用。黎琬呵呵，一个真敢说，一对真敢听。

“琬琬！”黎妈妈瞪她一眼，“你什么表情？人家小西哥哥那是有礼貌，你说你都住人家对门了，怎么也没见你近朱者赤呢？小西，她没少给你添麻烦吧？”

“有吗？”孟西笑眯眯地看向黎琬，小豌豆像个小受气包，不停地戳米饭。他无奈一笑，揉揉她的小脑袋，“她很乖的。”

黎琬头皮一紧，脸唰地红了，脖子不安分地缩了缩：“摸秃了。”

“她乖？她乖就不用我们操心喽！”黎妈妈嫌弃地看女儿一眼，“这都分手多久了，怎么还不交新男朋友？琬琬啊，妈妈知道你嫌我们唠叨，也不是催你，可你总得把终身大事提上日程啊！你跟章宵吧，四年是可惜了点，但既然分手了，就要向前看是不是？你说说你，怎么就不上心呢……”

黎妈妈的念叨还在继续，一句也没有重复的。黎琬脑中嗡嗡响，求救地看向孟西。

他继续吃：“我觉得阿姨说得很有道理。”

“你看看，你看看！”黎妈妈更来了底气，“小西哥哥的话你总该听了吧？”

黎琬扶额，看向爸爸。这是她最后的救命稻草。

黎爸爸淡定地吃口鱼香肉丝：“别看我，我听你妈的。”

很好，全军覆没。

黎琬灰溜溜的，像个正在泄气的皮球，小声咕哝：“你们厉害，给我变个出来啊！”

孟西一顿，握筷子的手紧了紧。

黎妈妈接着说：“你别杠！恋爱跟做菜一样，最重要的是食材，能不能搭配，炒在一起好不好吃，这都是有讲究的。你觉得牛肉配胡萝卜不好吃，下次配你从小爱吃的土豆不就好了？”

“什么意思？”黎琬戒备地看着妈妈。

黎爸爸补充：“你妈是说，还是知根知底的好！”

孟西的眼睛噌地亮了，背脊不由自主地挺了挺。

黎琬用余光扫向孟西，男人的嘴角挂着不易察觉的自信的笑容，就像是奥运冠军在赛场上的那种自信。

她更紧张，噔噔噔地戳米饭：“你们够了啊，还有客人在呢！”

黎妈妈：“小西又不是外人！”

不是外人……孟西的背挺得更直。

黎妈妈：“三单元甄爷爷的孙子，小甄医生，你觉得怎么样？”

谁？

黎琬和孟西都惊了。

怎么不按套路出牌？小甄医生是什么路人甲？

孟西皱了皱眉头，脸上的表情变化虽然微小，却十分精彩。就像眼看要得到金牌，却告诉你，分数统计错了。

“小西，”黎爸爸笑着说，“听说小甄的堂弟是你学生，叫什么甄克连，那孩子怎么样？既然是兄弟，多少还有点参考性吧？”

孟西冷着脸道：“那小子……话多。”

黎妈妈：“话多好啊！琬琬就是个闷性子，再找个冷冰冰的怎么了得？小西你说是不是？”

孟西勉强扯出一个笑，不置可否。

自己冷漠吗？

好像……有点……

可黎琬后来说，人都有七情六欲，哪会真正冷漠呢？冷若冰霜，只是因为把所有热情都给了一个人。

至于小甄医生的事，在黎妈妈的软磨硬泡下，黎琬终于答应先加个微信，聊聊再说。而孟西全程都没有说话。

洗碗的时候，她悄悄凑到孟西身边：“你也觉得，我应该去相亲？”

他刚才还说黎妈妈讲得有道理，而且也没帮自己说话。小豌豆觉得很委屈，果然如栾总所说，单身久了遭人嫌吧。

“真不想相亲？”孟西洗着碗，头也不抬，“万一合适呢？”

黎琬撇撇嘴，想了半天也想不出反驳的理由。其实他的话也对，万一合适呢？

孟西观察着小豌豆的表情变化，心中一紧。

他说：“你不去你爸妈怎么会死心？倒不如从源头……”

他的话没说完，黎琬的微信突然响了。

是小甄医生：“听说你以前是汉服社的，市立博物馆正好有个汉服展，要一起去看吗？”

孟西瞟一眼，这小子还挺会投其所好。这个展览，黎琬倒是一直想去，只是工作太忙没来得及。

她握紧手机，试探地看孟西一眼。孟西也正看着她，表情严肃，像抓早恋的教导主任。

他“嘁”一声：“套路。”

“那，我答应喽？”

“随便。”

孟西冷着脸，低头洗碗。

黎琬忽然打个寒噤，抱臂搓了搓。都开春了，怎么还有点阴森森地冷？

晚上躺在床上，小甄医生又发来一些展览介绍和参观攻略，包括互动体验项目都列了个清单。

黎琬刚要回复，突然弹出“Mr.孟德尔”的消息，是项目的文件，一连弹了好几个。

留言：“有点急，看了给回复。”

对门的房间里，孟西绞尽脑汁地找文件，手指都快翻断了。她看着文件，就没时间回那只套路怪的消息了吧？

孟西继续找，找了半天也只有十几个，最后没办法，又弹了几个生物学课件过去。

留言：“学海无涯。”

黎琬：“……”

孟教授心里乱成一团麻，辗转反侧了一整晚，最复杂的实验都没这么让人揪心！天一亮，闹铃还没响，他就迅速翻身下床。

去隔壁蹭个早饭很自然吧？

他忙洗漱换衣服，也不知道跟谁较劲，今天打扮得格外精致，干净的白衬衣、灰蓝色的针织外套、新买的腕表，连皮鞋都特意擦过了。

黎妈妈开门时啧啧感慨：“还是小西会收拾，不像琬琬，不知道的还以为是你去相亲呢！”

孟西绷着笑脸，乖巧地附和。

桌子上豆浆机正在运转，飘出淡淡的豆香味，黎爸爸出门买油条了。孟西朝黎琬的房间看一眼，房门紧闭，大概还没起吧，小豌豆一向爱睡懒觉。

“阿姨，我去叫琬琬起床吧。”

“她早出门了。”黎妈妈呵呵笑，“小甄医生来接的，看着人还不错。跟你一样的学术型人才，阿姨喜欢的。”

孟西脸色一僵，心道，我们不一样。

黎妈妈对医生似乎很满意，眉梢眼角都洋溢着兴奋：“小西，晚上他送琬琬回来的时候，你也帮着把把关呗。琬琬还真把你当亲哥了，就听你的话。”

孟西像吞了一颗柠檬，心想，听自己的话，只怕这事要黄。

黎爸爸正好回来了，提着一包新出锅的油条，也笑得很开心，似乎在为女儿的相亲兴奋。

他招手："我还说去叫小西，快坐下吃早饭了。让你阿姨把豆浆倒上。"

孟西捏了捏手指，站着没动，看着叔叔阿姨的反应，心中有点不是滋味。他觉得自己就像在战场上被友军抛弃的人，然后人家还帮敌人策反你。

孟西有些急色："叔叔阿姨，我忽然想起来有点事，就不吃早饭了。你们慢用。"

黎妈妈皱眉："什么事急到早饭都不吃？"

"炸碉堡。"孟西凝眉，自言自语，说完乖巧地告辞。

黎妈妈没听清，一脸蒙地看向老公："小西说……炸什么？"

"可能是实验上的事吧。"黎爸爸是文科男，脑补道，"他们做实验不是经常炸来炸去吗？孩子们都忙，你别为了一顿早饭影响我国生物学的发展。"

"那也不能不吃早饭啊！"黎妈妈碎碎念，"废寝忘食，要是像他爸那样，也不见得是好事！"

黎爸爸回忆起孟西的父亲。当年那个高高瘦瘦的生物教授，戴着黑框眼镜，爱穿老式的衬衫，实验资料不离手，永远都老老实实、兢兢业业。

他叹口气："其实，那件事也说不上谁对谁错。"

"我就是心疼小西这孩子，当年才多大？太难了。"黎妈妈无奈地摇摇头。

"都过去了。"

黎爸爸安抚地拍拍黎妈妈的背。

14.

市立博物馆中，黎琬与小甄医生并肩而行。

他们已经逛完从展厅出来。今天人不多，零星几个穿汉服的年轻人走过，应该也是去看展览的。黎琬想起自己大学的时候，也喜欢穿着汉服跑来跑去，那时候真是无忧无虑啊，不用被相亲，也不用被催婚。

她看一眼身边的小甄医生，他冲她笑了笑。

黎琬忙收回目光，不知所措。社交恐惧又犯了，她只觉得周围嗡嗡的，脸色不大好。

“你很怕我吗？”小甄医生尴尬地笑了笑。

黎琬忙摇头。

事实上，小甄医生不仅不可怕，反而十分开朗，也很健谈。他是运动型的男生，穿着卫衣和限量款的篮球鞋，笑的时候露出一排整齐的大白牙，笑声爽朗。刚才在展厅里，要不是小甄医生一直找话题，气氛不知道冷成什么样子。

不过，他也太能聊了！黎琬实在跟不上，慌慌张张地冒冷汗。

“不如，我们去一楼的咖啡厅坐坐？”小甄医生提议，“那里有简餐，下午我们还能继续参加展馆的体验活动。”

“好。”黎琬应声。

咖啡厅很安静，钢琴曲舒缓，但和陌生人对坐，黎琬还是不太自在。她想起在机场和孟西重逢的时候，也不自在。可孟西身上似乎有种魔力，一上车，她就中邪似的慢慢放松，还在人家车上睡着了。

当时真丢人啊！黎琬“扑哧”一笑。

小甄医生闻声抬头：“有开心的事？”

黎琬一怔，忙收敛笑容，只捧着菜单遮住半张微微泛红的脸：“点菜吧。”

小甄医生点点头，念了几个菜名问意见，黎琬只说都可以。其实，有个辣的她吃不了，最近上火也不能吃黑胡椒牛柳，不过她一向懒得说，万一别人想吃呢？到时候自己不吃就是了。

“这位先生，不好意思，”服务员忽然插话，“黎小姐不吃辣，而且最近不能吃黑胡椒。”

黎琬一惊，看向服务员小姐姐满脸问号。

小甄医生也蒙了。

服务员只微微一笑，推荐了两个替换菜就走了。

小甄医生：“你们认识？”

黎琬茫然地摇头。

什么情况？遇到灵异事件了？难道服务员会读心术？

脑中忽然闪过一个念头，黎琬半撑起身子左看右看。她把菜单举高挡着脸，只露出一双眼睛，贼兮兮的。她也不知道自己为什么会这样，明明没做坏事，心里却扑通扑通，紧张得要死。

咖啡厅人来人往，出菜结账，倒没什么异常，也……没看见什么特别的人。

黎琬缓缓坐好，眉梢眼角有些淡淡的失落。她以为那情绪很淡，淡到连自己也没察觉，小甄医生却看得明明白白。

他玩笑道：“该不会是你的追求者故意给我个下马威吧？”

黎琬尴尬地笑了笑，她哪来的什么追求者？

她刚要解释，小甄医生忽然掏出手机，打开备忘录，边打字边念出来：“黎琬不吃辣，近期不吃黑胡椒。好了，记下了，我保证以后不会犯同样的错误。黎琬，你不会扣我的印象分吧？”

黎琬失语，有点反应不过来。

这操作也太偶像剧了吧？还把她的口味记入备忘录？大哥，我们才第一次见面，你哪儿来这么高的热情？

黎琬：“小甄医生，你不用这样的。”

他看着眼前拘束的女人,有点哭笑不得。女人不是都喜欢体贴的吗？黎琬怎么偏偏不接招？医院里的小护士们可是最喜欢这套的，还总说他最懂女人心，是妇女之友，全院女性最后的共同财产。

小甄医生有点挫败：“黎琬，咱们都认识一上午了，怎么还医生长医生短的？我都严重怀疑自己在加班。刚才我可是强忍住拉你去拍 CT 的冲动点完了菜啊。”

黎琬“扑哧”一声，差点忘了他是脑科医生，拍 CT 是常规操作。

“那，甄之年先生？”

“也行吧。”甄之年耸耸肩，“虽然我觉得之年比较亲切。”

黎琬面色一紧，正好服务员来上菜，她忙拿起筷子装没听见：“吃饭吧。”

被无视的甄之年更挫败，但年轻的医生向来越挫越勇。

简单的午饭后，甄之年带黎琬来到博物馆中庭。

下午的特展活动已经开始了，中庭分为几个区域，大多数是一些传统游戏和手工体验，投壶、捏青团、手作古风首饰、汉服体验……

甄之年原本成竹在胸，这些都是黎琬喜欢的，还能刷一拨她在大学汉服社的回忆杀。可不知道怎么回事，她看上去总有点心不在焉，还时不时回头看，像在找什么人。

甄之年顺着她的目光看去，下午的游客渐渐多起来，熙熙攘攘，也没什么特别。

“黎琬，去那边看看吧。”

他指着不远处的区域，里三层外三层围满了人，是所有项目中最热闹的。

黎琬看了一眼，也不知道是什么项目。她一向不喜欢往人堆里凑，甚至有些畏惧，可出于礼貌，也不太忍心打击甄之年的热情，她还是笑了笑答应了。

刚靠近，人群中挤出来一个穿汉服的男生。黎琬觉得有点眼熟，却想不起具体是谁。

“哥！”汉服男生一眼看见了甄之年，笑着挥手，“你怎么来了？”

“你小子穿成这样干吗呢？”甄之年皱眉打量，对堂弟的新造型很不习惯，他又转向黎琬，“我堂弟，甄克连。”

甄克连……黎琬脑仁一紧，不正是孟西课堂上她的“临时同桌”吗？还因为跟自己说话被孟教授点名。

她默默向后挪了半步，把头埋得很低。

甄克连看向她，一个看一个躲，看来看去只看到脑门。

他讪讪，转向堂哥：“我也不想来啊，大周末的！谁知道我们教授一大早就连环夺命 call，要我们小组做社会实践，还要求把这里所有的双人项目都预约了，美其名曰‘增进小组成员默契’。你说他是不是变态？”

甄之年没太懂这逻辑。他弟不是学生物的吗？需要来人文博物馆做社会实践？不过，他更在意的是被预约完的双人项目，明明昨天查的时候还剩很多！

黎琬眼皮一抬，小心脏一下揪紧：“孟教授让你来的？”

甄克连怔住，愣了两秒，忽然一下弹开——这……这女的……怎么又是她？

自从目睹了她在孟教授的课上光明正大地睡觉，孟教授不仅不惩罚，还给她搭衣服，还一脸痴汉笑，甄克连同学就有了心理阴影。

这还是他们不苟言笑、心狠手辣、严谨变态的孟教授吗？

甄克连隐隐觉得事情不简单，只想赶快远离是非之地。他看看手上的体验券，又看看堂哥和那女的，脑中的小灯泡忽然一亮。

“哥，我把体验券送你们吧。”

甄之年笑了，这小子还挺有眼力见儿：“不怕你们教授查？”

“我们组长统计。”甄克连朝不远处努嘴，“孟教授怎么会无聊到自己来查？”

后来写检讨的时候，甄克连同学终于在眼泪中明白，孟教授就是这么无聊！

甄之年冲黎琬晃晃体验券，笑道：“天无绝人之路。看来，我们还是挺有缘分的。”

黎琬扯了扯嘴角，一边听工作人员讲规则，一边朝人群中看几眼。

这是一个成语故事演绎体验。几组人换上汉服，分别演绎随机抽取的成语。然后由现场的游客扫码猜答案，猜中人数最多的小组获胜，一等奖是手工刺绣汉服。

来参观的几乎都是汉服爱好者，不得不说，一等奖吸引力十足。好几组都在认真地准备，有的还自己设计了台词和特别情节，还有的趁工作人员不注意悄悄拉票找托儿。

黎琬忽然有种莫名其妙的紧张，她探头看甄之年手中的纸片：“抽的什么啊？”

甄之年看一眼，憋笑，刚要开口，电话响了。是医院值班室打来的。

“病人现在怎么样？麻醉师到了吗？好，我马上回来，三十分钟。”

他表情忽然变得严肃，一边脱汉服一边说：“有个紧急手术，要马上回去，抱歉了。”

黎琬还没反应过来，甄之年噌地就不见了，只留她一个人抱着他塞过来的袍子，傻乎乎地站着，地上缓缓飘落一张小纸片。

工作人员路过，看她一眼：“怎么还没换装，下一个就是你们了。”

黎琬一下回神，抱着汉服手忙脚乱的——怎么办？我是谁？我在哪儿？

“听说，你缺个搭档。”

头顶忽然传来一个低沉的声音。

黎琬抬头，恰撞上他的目光，宁静、安稳，像在嘈杂人群中，为她筑了一座与世隔绝的水晶屋。

孟西手揣在裤兜里，低头看她，嘴角挂着若有似无的笑，手指摩挲着从地上捡起来的小纸片。

黎琬：“你怎么在……”

“社会实践。”他微微一笑，“刚才你老回头看，在找谁啊？”

黎琬咬紧牙关，拨浪鼓似的摇头。

孟西笑了笑，抽走她手中的汉服，熟练地穿上，然后冲她摊开手掌："上台吧。"

"可题目……"

"那不重要。"

孟西一把握住她无处安放的小手，大方上台。可黎琬还在状况外，晕乎乎的——什么情况？大佬我们要演什么？台下好多人盯着我，不会在说我是神经病吧？

孟西转头看她，倾身耳语："配合我。"

他的声音像流水，像羽毛，像夏夜的凉风。黎琬又中邪了。

忽然，孟西话锋一转，大声唱道：

"苍茫的天涯是我的爱，绵绵的青山脚下花正开。什么样的节奏……"

他站得笔直，一脸严肃，要是不听声音，还以为孟教授在讲课。

黎琬咽了咽喉头，五官扭曲到一起，憋出一句："哟哟！"

孟西："你是我心中最美的云彩，让我用心把你留下来。"

黎琬："留下来！"

孟西："悠悠地唱着最炫的民族风，让爱卷走所有的尘埃。"

黎琬："我知道！"

……

底下观众一脸蒙，怎么还唱起广场舞神曲《最炫民族风》了？这是什么成语？声嘶力竭？爱我中华？玩儿呢？

只有负责抽签的工作人员投来意味深长的目光：小伙子套路挺深

啊，有前途。

一曲唱完，孟西拉着黎琬深深鞠躬，从容下台。

最后当然没有人猜出他们演绎的成语，两人光荣垫底。

15.

“我们的谜底到底是什么？”黎琬坐在副驾驶座，一双大眼看着孟西，充满了求知欲。

孟教授不置可否，专心开车。但他脸上一直挂着笑，肉眼可见的心情愉快。

黎琬猜了一路，不堪入耳、鬼哭狼嚎、礼崩乐坏……通通不对。

她放弃了！

孟西轻点刹车，停入车位，笑道：“别猜了，回去好好休息。”

黎琬失落地“哦”了声。

孟西开门下车，裤兜里的小纸片不经意滑出来，掉在座椅上。黎琬眼睛一亮，悄悄伸脖子瞟了过去。

小纸片上有四个大字：夫唱妇随。

小豌豆唰地红了脸，双手一把紧抓安全带，心跳大起大落，感觉就要窒息。

车门被打开，孟西玩味地看了她几秒，忽然笑了：“我的南瓜车就这么舒服吗，公主殿下？”说着又要替她解安全带。

他的手刚伸过去，黎琬一个激灵，忙按下按钮。

“啪！”

安全带弹开，两人的手臂同时落下红痕。

“对，对不起啊……我我……我不是故……”

“疼不疼？”孟西凝视着她的手臂，轻飘飘地打断。

声音像流水，像羽毛，像夏夜的凉风。

黎琬咽了咽喉头，掐自己一把，像泥鳅一样钻过他的手臂滑下车，噔噔噔跑回家。

黎爸爸黎妈妈正窝在沙发上看霸道总裁剧。男女主正要接吻，只听“咚”的一声，女儿破门而入，慌慌张张，脸红得像才从烧烤架上下来。她抱起大水壶，咕噜咕噜一饮而尽。

二老相视一眼，有情况啊。

“琬琬，和小甄医生还顺利吧？”黎妈妈试探道，“怎么不请人家进来坐坐？”

“他下午提前走了，临时有手术。”黎琬道。

“这样啊……”黎妈妈有点失望，虽然救死扶伤是天职，可如花似玉的女儿大晚上一个人回家，难免让人担心。

黎琬抹了抹嘴角的水渍，安抚妈妈：“没事的，孟西送的我。”

“小西？”黎家爸妈异口同声。

黎爸爸产生了自我怀疑，小声咕哝：“他不是有急事吗？”

黎琬心里七上八下的，喝了一大壶水还是觉得嘴唇干。她盯上了桌上的苹果，刚伸出手，被黎妈妈一把打下。

“九点以后禁食！看看你都胖成什么样了，还要谈恋爱呢！”

黎琬讪讪，灰溜溜地往房间走。

经过电视机时，只见男女主刚吻完。帅气的霸道总裁对着傻白甜的女主耳语：“原来我的公主殿下这么甜。”

公主殿下……

黎琬头皮一麻，刺溜钻进房间，啪地锁门。

黎爸爸担忧地看向女儿的房门，眉头都要皱到一起了："这孩子有点不对劲啊。"

"谈恋爱不都这样？自己觉得飞上天，外人看着像神经病。"黎妈妈挑眼看向老公，"是吧，当年的神经病？"

"我怎么会这样？"

"也不知道是谁哟，蹬个自行车，拿着单位的大喇叭喊：我想深化我们的革命友谊！"

"……"

孟西看着小豌豆进屋，才开门回家。

隔壁应该很热闹吧。他都能想象到黎家爸妈拉着小豌豆问相亲情况的场景，然后小豌豆疲于应付，不知所措，一切都滑稽而充满生活气息。

可他这里，却是冷冷清清……

孟西扭亮茶几上的台灯，整个屋子笼罩在暗幽幽的昏黄灯光中。

很多年没回来了，在他心里，早就为这间房子贴了封条。要不是小豌豆，他可能永远也不会踏足。

但它从前也是热闹的，和小豌豆的家一样，充满了欢笑和烟火气。

那时，电视柜旁边的胶片唱片机总是放着邓丽君的歌。妈妈爱穿一袭艳红长裙，和爸爸相拥跳着时兴的慢三步。大家都说爸爸是个严肃呆板的男人，可小孟西知道，那个男人，只是把力所能及的浪漫都给了妈妈一个人。

他运用生物手段，让玫瑰花开出妈妈的名字；他每一篇论文的致谢名单，妈妈总是排在首位……他们或许会永远相爱，如果，不是那场爆炸……

十六岁的孟西，亲眼见证了那场爆炸，在实验室，因为爸爸的实验失误。

他赶到时，只看见熊熊的火光炸开，耀红了天空，耀红了整个世界。他觉得很恍惚，那样的红，艳丽明媚，像极了妈妈的连衣裙。

他的妈妈，在那场爆炸中丧生。

葬礼上，亲朋好友送来花圈，所有人都对孟爸爸说：节哀顺变。

只有孟西，他凝视着爸爸的眼睛，问："你为什么不救她？"

实验室爆炸是意外，可你，为什么不救她？

爸爸终究没有回答。

可他的妈妈，本来可以活啊！

本来，她可以穿着鲜红的连衣裙跳慢三步，一直跳，一直跳……本来她可以看着孟西长大，看着他的研究问世，看着他成为她的骄傲……

如果不是那场爆炸！

如果，不是那个叫作爸爸的男人……

孟西好像一夜之间变了。

礼貌的好孩子不再和邻居打招呼，不再做作业，甚至不再上课；他流连网吧，发呆一整天，敲出一堆无意义的字符；他蹲在楼道，满地的啤酒易拉罐，散发浓烈刺鼻的酒精气息。

人们看见他，都摇摇头，伤仲永一般，同情又怜悯。

可人类的同情是有限的。

渐渐地，开始有邻居投诉他把社区搞得乌烟瘴气，学校也开始给予处分。

孟西只是颓然地付之一笑。

那时的他，觉得大人都好虚伪，明明是同一个孟西，短短几天，却有截然不同的态度。就像他虚伪的爸爸，可以拥着妈妈跳慢三步，也可以任她在大火中痛苦地死去。

这样的世界，他真的不愿流连。

孟西永远忘不了那一天。

黄昏，秋风萧瑟，落叶发出沙沙的呻吟。他颓然地坐在楼道的角落，身上浇满了啤酒，眼神空洞，有一下没一下地拨弄打火机。

火苗不安分地攒动，只要他一松手。天堂地狱，一念之间。

“小西哥哥。”

女孩子的声音闯入，脆生生的，像在黑暗中划开一条口子，刺得人睁不开眼。

小豌豆双手握着书包带转了转，眨巴眨巴眼睛，好像闻不到周围浓重的酒气，也看不见万人嫌的孟西。在她眼里，他依旧是给她辅导功课的小西哥哥。

你便是你，无关世事，无关时光，无关日出日落，无关花谢花飞。

小豌豆弯下腰，轻轻一呼，吹灭他手中的火苗。

她甜甜一笑，嘴角似有融化一切痛苦的蜜糖。

她说：“是在许愿吗？生日快乐呀！”

孟西愣住了。

少年的心是一座空城，筑了坚硬的高墙，可就在那一瞬，全线崩塌。

灰烬融进蜜糖，蜜糖流入空城，开出漫山遍野的花。

小豌豆把孟西带回家，说要为他庆祝生日，兴冲冲地煮了那碗续命的汤圆。

好吧，从此就在这天过生日吧。

生日快乐。

重生快乐。

一晃十三年，孟西垂下眸子，睫毛投下阴影，在昏黄灯光的映衬下，似有一层薄薄水光。

他打开电视柜旁的胶片唱片机，黑胶片缓缓转动，飘出钢琴的前奏、邓丽君的歌声：

如果没有遇见你，

我将会是在哪里，

日子过得怎么样，

人生是否要珍惜……

小豌豆，续命之味，我想贪得无厌。无关世事，无关时光，无关日出日落，无关花谢花飞。

黎琬回房后，在床上翻来覆去睡不着。她心情一烦躁就想吃东西，本来打算趁爸妈睡着了去客厅偷零食吃，谁知道妈妈魔高一丈，把零食和水果都锁了起来。

九点禁食能减肥，到底是谁发明的？

无奈，她泄愤似的打开 word，又开始黑“孟王爷”。

“咚咚咚……”

忽然听见敲玻璃的声音，窗帘上映出男人模糊的侧影。

黎琬心下一紧，这大晚上的！她动也不敢动，一双小手不安分地在抽屉里找武器，用键盘砸？用坏了的耳机线勒？

“小豌豆。”

黎琬一怔，拉开窗帘，只见孟西正笑眯眯地看着她。她回头看一眼电脑屏幕，心虚地咽了咽喉头。

孟西：“看你房间亮着灯，猜你还没睡。”

黎琬趴上窗台，委屈道：“我妈断了宵夜，有点饿，睡不着。”

“巧了。”孟西从背后变出一碗甜酒汤圆，“我出去觅食，没想到学校门口那家甜品店十几年了还开着。快吃吧。”

“那你……”

“没看见有两个勺子吗？”孟西越过窗户，轻弹一下她的脑门，“你还想吃独食？”

黎琬吐了吐舌头，舀起汤圆，一整个包在嘴里，一脸超幸福超满足的表情：“好甜。”

嗯，好甜。

孟西看着她，手肘撑在窗台上。皎白的月光洒在女孩子的脸颊上，她的眼里有星辉，甜甜一笑，万物滋长。

黎琬又塞了一个汤圆：“可惜我的耳机线坏了，吃宵夜不听歌，还真是没有灵魂。”

孟西：“我给你唱吧。”

黎琬心头一紧，这回不会要唱《套马杆》吧？

孟西微微一笑，发出低沉的男声——

如果没有遇见你，

我将会是在哪里，

日子过得怎么样，

人生是否要珍惜……

夜渐渐深沉，花草沉睡，虫鸣渐静。单元楼的灯光一盏一盏暗下，唯有他们的窗台，灯火幽微，笼罩着两个隔窗相对的人，飘出轻轻的，似耳语呢喃的歌声。

16.

孟西出差了。

作为 ICIG&IPBMB 学术委员会的成员，参加为期五天的国际会议。

他认真地给黎琬科普了这次会议，可惜她没听懂，只知道是一个重量级的昆虫学会议，不去不行。

当时，黎琬胸有成竹地拍拍他的肩膀：“你放心吧，这边的工作有我呢！趁你出差，我正好回公司述职。实验室如果有急事，KK 他们会联系我的。”

孟西“嗯”了声，他担心的倒不是这个。他看着小豌豆，欲语不语，终究是什么也没说，临上飞机给栾鹤立打电话。

孟西：“公司最近忙吗？”

栾鹤立：“还行，业务挺好的。放心吧，孟教授，少不了你的研究经费！乖。”

孟西隔屏白他一眼：“忙不过来可以让黎琬多加班。”

栾鹤立震惊：“Why？”

孟西：“能者多劳。”

后来，栾鹤立频繁地看见停在公司楼下的大吉普，和靠在大吉普旁的甄之年，终于明白了孟西的深意。

怕他家小豌豆被骗走，这是特意托付啊！

黎琬好歹是自家的得力干将，让外面的“大猪蹄子”给拱了算怎么回事？还不如让孟西拱呢！

栾鹤立忽然感到肩头沉甸甸的责任。他学着《三国演义》里的唐国强老师，抱拳自语：“主公，孔明定不负所托。”

黎琬忽然敲门。

栾鹤立吓得一闪，忙正襟危坐，拿出霸道总裁的架势：“进。”

“栾总，最新的评估报告发您邮箱了，其他的事也都安排好了。”黎琬试探地看他一眼，“那个，我今天还用加班吗？”

她最近总是被点名加班，也不知道栾总哪根筋搭错了，也不布置工作！她都用来摸鱼写“孟王爷”了！

栾鹤立透过落地窗向下看，大吉普已经被打发走了。

他欣慰地点点头，黎琬到底是自己亲手培养出来的人才，肥水不流外人田的基本觉悟还是有的，一时又觉得自己领导有方，自己怎么这么优秀呢？

可像他这样优秀的人，却还是在夏美玟那里屡屡碰壁。

这不严谨！

这不科学！

他看向黎琬：“上回让你整理夏美玟的资料，怎么还没发我？”

平时不敢欺负这只小绵羊，现在老孟不在，总能一展官威了吧！

黎琬一脸为难："这个……好像不属于工作范围吧？"

栾总轻蔑一笑，跷起二郎腿，慢悠悠地搅拌咖啡："我看，某些人是不想要年终奖了？"

"栾总，十分钟后邮箱见！"

黎琬深深鞠躬，噌地溜没影。她心道，玟姐对不起，我向资本势力低头了。

点下发送键后，黎琬觉得良心不安，给夏美玟发微信："玟姐，小的请您老吃饭呗。"

夏美玟："哟！是太平洋淹了大西洋，还是恐龙明天要复活？小的还能等到您老请客呢？不会是做了对不起我的事吧？"

黎琬一抖，玟姐不会在自己身上装窃听器了吧？她发个垂头丧气的表情包："您老听我解释……"

另一头的夏美玟愣了一秒，接着暴跳如雷，差点把手机砸了。她用脚指头想也知道黎琬受谁指使，做了什么事！栾鹤立你大爷！

夏美玟克制住暴躁的手，回复："给我换一部新手机。"

黎琬现在有求必应："好的，女王大人。"

"叛徒！"

夏美玟"呸"一声，爽快地把手机砸向地板。

下班时，黎琬见栾鹤立正乐颠颠地阅读"玟姐小传"，完全没注意到自己。她松了口气，赶紧随人群溜了。

黎琬刚出大楼，就看见一个穿酒红长风衣的女人，头上裹着花丝巾，戴着能遮半张脸的大墨镜，躲在墙根下，鬼鬼祟祟地冲自己招手："琬琬，琬琬。"

黎琬仔细地辨认了几秒，扶额过去："玟姐，您老演无间道呢？"

夏美玟一把捂住她的嘴，拖到墙后，小心翼翼地朝大门探头："您老不会小点声？栾鹤立没跟下来吧？"

"栾总正在仔细研读您老的生平简介。"黎琬上下打量她，"话说，您老穿这么鲜艳来躲人？"

"我这不是蒙面了吗？你瞎啊！"夏美玟白了黎琬一眼，扯下丝巾，大波浪一撩，"你别以为这事就这么完了，走，先去买手机！"

夏美玟果然没客气，挑了全专卖店最贵的一款，然后拉着黎琬去吃豪华海鲜料理，用黎琬买的手机，拍黎琬请的料理，发个朋友圈还@黎琬。

黎琬自己做了亏心事，啥也不敢说，啥也不敢问。她只低着头，在心里默念：年终奖，年终奖，年终奖……

夏美玟的新手机忽然亮了，是栾总的微信："玟玟，才知道你喜欢吃帝王蟹，我送你一家海鲜餐厅呗？"

夏美玟正一手握着一只帝王蟹腿，心头"咯噔"一声，丢炸弹似的丢掉蟹腿。

"一只腿好几百块呢，姐！"黎琬只觉扎心。

"庸俗！"夏美玟挺直背，"我发誓，以后再也不吃帝王蟹了！"

"我信你个鬼！"黎琬呵呵，"栾总有那么不招人待见吗？虽然跟他身边的朋友比起来的确不够沉稳，不够温柔，双商也不够高。可人家好歹是个高富帅呀！霸道总裁呢！"

夏美玟一脸酸，咂嘴摇头："哟哟哟！还身边的朋友，您老现在秀恩爱都这么委婉了？"

"瞎说什么呢？我跟孟西只是普通邻居！"

夏美玟没有急于说话，只是凝视她，玩味一笑："我说是孟西了？"

"你……"黎琬语塞，白她一眼，"说你呢！干吗扯我身上？讲真的，我跟着栾总也有四五年了，还真没见过他对谁这么上心。再说了，就算那天是喝醉，你要是对他一丁点感觉都没有，能为爱鼓掌吗？"

"鼓你个头！"夏美玟一巴掌拍她脑门，"他就是个大猪蹄子！你玟姐多善良，不是没给过他机会。上次允许他送我回家，车上他接了个电话，笑得跟朵牡丹花似的，说：'没问题，房开好了，你们等我。'我问他是谁，他报了一大串英文名。我也不认识啊，上网一查，才知道全是电竞美女主播！你说说，别人一浪浪一个，他浪一群啊！壮骨粉吃多了吧，显得自己身体好还是怎么的？"

黎琬正喝汤，猛呛了两声。看夏美玟怒发冲冠的气势，她也没敢马上搭话。冷静了一阵，确定玟姐不会掀桌子，她才试探道："你在吃醋？"

"呵！你是说我吗？"夏美玟做作地指着自己，一脸不屑，"你玟姐从来都不知道醋是什么味道！"

"哎！"黎琬看着夏美玟，一副孺子不可教也的表情，"冲动，太冲动了。"

"你也觉得他太冲动了吧！"

"我是说你！"黎琬扶额，"这回，你怕是真误会栾总了。"

夏美玟一脸扭曲，难以置信地看着黎琬："您老可以呀！为了这破工作，连三观都能放弃。果然是资本主义的走狗，在下佩服，佩服！"

黎琬现在心如止水，矫情地喝口汤，等着看夏美玟被打脸。

她慢悠悠地开口："栾总说的房，应该是指网咖的包房。"

"网……咖？"

“嗯。”黎琬接着说，“金融圈都知道，栾总是个资深游戏爱好者，只可惜钱砸了不少，技术依旧菜得可歌可泣。那些美女主播，应该都是他的师父。他帮人家炒绯闻，人家带他打 boss。仅此而已。”

“那他为啥不找男的？”

“你以为他不想？”黎琬淡定地吃菜，“技术过于菜，人家带不动。”

“这样啊……”夏美玟摸着下巴，若有所思，接着浮起阴谋的笑。

黎琬缩了缩：“你想干什么？”

夏美玟扬眉：“你说，这些美女主播如果都出现在我的发布会前排，我的设计是不是也跟着红了？”她忙从包中摸出一大沓邀请函，硬塞给黎琬，“都给栾鹤立吧。”

“凭什么支使我？”

“凭我可能是你未来老板娘。”夏美玟得意一笑，抬手一挥，“服务员，再来一只帝王蟹！”

黎琬倒吸一口凉气，忽然意识到自己给自己挖了个坑，难道孟西出差时把她的智商给带走了？

晚上回到家，她还没进门就收到孟西的微信：“回家了吗？”

黎琬：“刚到呢。”

孟西也刚开完会回到酒店房间。他看一眼时间，九点十分，不算太晚。看来，小豌豆一直记得他的话。

孟西：“乖。”

同时发了个摸摸头的表情包。

黎琬手一顿，一下变得很紧张，点来点去也不知道要回什么。

孟西看着对话框一直显示“对方正在输入”，垂眸笑了笑，回：“我家茶几上有个小纸袋，给你的。”

黎琬以为是什么重要文件，急急忙忙拿过来才知道，原来是一副无线耳机，里面只存了一首歌，邓丽君的《我只在乎你》。

记得上回在老房子，她的耳机坏了，月光下，孟西靠着窗台，哼的也是这首。他的歌声算不上精致，也没什么演唱技巧，可在那样静谧的夜，偏偏他那样低沉、磁性的嗓音，才足以和月光媲美，足以安抚人心。

黎琬把耳机塞进耳朵，微微一笑。

17.

栾鹤立收到夏美玟的邀请函，兴奋得好几天没睡着。同事们最近总看见栾总蹦蹦跳跳进出总裁室的画面，见怪不怪，栾总大概又疯了。

时装发布会现场，栾鹤立不辱使命，带着一群网红大美女浩浩荡荡而来，墨镜一戴，走路带风。

黎琬在后台探出头："玟姐，玟姐，有一只栾总正向你走来。"

"不准放他进来！"夏美玟忙得脚不沾地，高跟鞋嗒嗒嗒，看都不看一眼，"唉，7号模特的腰佩挂到5号身上了！磨磨叽叽，快点换！"

她看着着急，一面抢过腰佩自己上手，一面警告地对黎琬说："你要是敢放他进来，我就……"

欸？人呢？

黎琬这个死女人！

"玟玟！"

一大捧路易十四玫瑰凑送到夏美玟面前。深紫色的玫瑰配上纯黑欧根纱的包装，高贵又充满攻击性的美。

只是，花束后栾鹤立的笑脸太不和谐，玫瑰瞬间也染上“沙雕”气质。

夏美玟翻个白眼，转身整理模特的裙子。

栾鹤立紧追不放，笑得像朵牡丹花似的：“我特意研究过了，今天这场秀叫‘黑胭脂’，灵感来自汉服与哥特风的结合。我觉得特别好，中西合璧，显得我们家玟玟特别有才华！所以，本少爷连夜从法国空运了这九十九朵路易十四玫瑰。是不是和你的发布会很搭？有没有很感动？”

夏美玟一脸冷漠：“神经病。”

“你不要害羞嘛。”栾鹤立屁颠屁颠跟着，“虽然我这样的颜值和经济实力确实容易给人压力，但你要相信我的人品啊！”

这位少爷，您老还有人品？麻烦清醒一点好吗？

夏美玟冷笑一声：“我现在越来越佩服黎琬了。这女人是怎样做到为你工作四年还不辞职的？诠释钢铁是怎样炼成的吗？”

“因为穷呗。”栾鹤立嘿嘿笑道，“当然，主要还是少爷的人格魅力。我相信，即使不发工资，她同样会死心塌地地为我工作。”

您老哪儿来的自信？夏美玟呵呵，走向一个男模特：“怎么回事？上衣的交领都穿反了！”

她是设计圈出了名的急性子，二话不说就上手扒衣服。模特也很专业，由她折腾。

栾鹤立的笑脸渐渐凝固，笑不出来。

他打量男模，高是高，身材也好，可哪里比得上自己的盛世美颜？夏美玟眼睛瞎了吗？放着自己这么好的人才不用，用这种三流模特？

他“嘁”一声，故作为难：“玟玟，你要是实在找不到好模特，我也可以勉强帮帮你。虽然以我的身份，是大材小用了，可咱们俩什么关系啊，对不对？”

“什么关系？”男模一双好奇而单纯的眼睛看着他们。

栾鹤立正要得意地开口……

“滚！”夏美玟强压怒火。

“玟玟。”他撒娇。

“不滚是吧？”夏美玟咬牙切齿，“来人！”

一群肌肉爆棚的男模拥上来，每一个都比他高比他壮。栾鹤立被围在中间，弱小可怜又无助。他咽了咽口水，把玫瑰往夏美玟怀中一塞，找个空隙迅速溜了。

他还不忘回头道：“结束后我送你啊！”

回到看台，美女主播们都八卦地看着栾鹤立。

“栾总，小设计师感动得不要不要的吧？”

“她是多激动才能把你折腾得这么狼狈？”

“看来电子竞技还是有爱情的嘛，姐妹们加油脱单呀！”

……

栾鹤立只扯扯嘴角，闭上眼睛。昨天一夜没睡，还是先养精蓄锐，等发布会结束后继续追吧！少爷太难了！

夏美玟提前找大师算了个吉时，时针刚指向吉时，漆黑的舞台响起一声古琴，灯光渐起，发布会正式开始。

整个舞台以枯树枝布景，灯光柔柔暗暗的。在悠远的古琴声中，模特一个个从容走出，服装飘逸，整体是黑白灰色系，偶尔插入深红的丝绒。

栾鹤立几乎一整场发布会都睡了过去，直到设计师谢幕时，他才猛然惊醒。夏美玟在模特的簇拥下出场，聚光灯全打在她身上，红唇笑得骄傲又自信。她是今天最闪耀的星。

栾鹤立不由自主地站起来，激动得啪啪鼓掌，比谁都带劲。

黎琬坐在后排的角落，会心一笑。

这是夏美玟人生第一场时装发布会，五十多套服饰，她准备了多年。最初她跟黎琬说起的时候，黎琬只当她是闹着玩。

那时她们还在大学汉服社，大二的夏美玟穿着马面裙踏上课桌，高喊：“我要成为传统服饰设计大师！让汉服走向世界！”

夏美玟一向跳脱，也不是学服装设计专业的，社友们只笑了笑附和，没人当真。谁知道，夏美玟当天下午就去报了服装设计的双学位，比本专业学得还拼。

中途她去服装公司上过班，开过淘宝店，亏得血本无归过。后来长期处于一个人单干仅够温饱的状态，直到去年，她才有了自己的工作室。

此刻，聚光灯下的夏美玟光彩照人，可聚光灯外的暗处，堆满了她的血汗。黎琬是一路看过来的，当年汉服社里不乏像夏美玟一样雄心勃勃的人，只是坚持到底，不计后果的，终究只有她一个。

“黎小姐吗？”几个记者打断黎琬的思绪，“我们是《时尚周刊》的记者，之前跟夏小姐沟通过，说媒体这边你负责？”

夏美玟人手不够，抓了黎琬当壮丁。

她点点头：“是需要通稿吗？我发你们邮箱。”

“我们还是想直接采访夏小姐，可以带我们去后台吗？”

“我们也是！”

“还有我们！”

……

一群记者拥来，黎琬完全不记得自己邀请了这么多媒体。除了几个时尚杂志，居然还有八卦公众号的记者！

什么鬼？

玟姐一炮而红了？

她的设计这么厉害吗？

黎琬还没反应过来，夏美玟就在不远处招手：“琬琬！”

记者们灵敏，一窝蜂冲过去。

记者 A：“夏小姐，请问你对微博上的评价怎么看？”

记者 B：“你觉得自己的设计对得起观众吗？”

记者 C：“你有意识到自己在侮辱传统文化吗？”

……

夏美玟一脸蒙。

什么微博？这些记者不是自家请来的吗？润笔费没给够吗？居然还黑她！

意识到事态不对，夏美玟朝黎琬使了个眼色，转身就往后台跑，一群记者在后面紧追不放。黎琬从侧门溜进去，在夏美玟进来的一瞬间，啪地关上门。记者们被关在门外，依旧情绪高涨，黎琬都怕他们把门拆了。

“什么情况？”夏美玟摸出手机刷微博，忽然手指一顿，“我上热搜了？”

黎琬也刷到了。

嗯，夏美玟被黑上热搜了。

起因是一张栾鹤立在秀场前排打瞌睡的照片，配文：是多无聊的设计，能让栾总睡着？

根据栾鹤立以往在秀场的表现，要么兴奋地看美女看大长腿，要么更兴奋地拿出手机拍拍拍，连栾老爷子都在社交平台吐槽：那个没见过世面的憨憨绝不是我孙子！

栾鹤立本来就自带流量，加上前排那群电竞美女主播，这场发布会彻底火了，吃瓜群众路过都要评论一句。

时尚小可爱：“哈哈哈，这是什么‘沙雕’设计？”

吐槽不留名：“中不中，西不西，也太丑了吧！”

老铁出家了：“心疼我家爱豆，看这种秀辣眼睛。还能打比赛吗？设计师出医药费啊！”

栾帅粉丝后援会：“栾总实名认证，再美的模特也拯救不了的设计，哈哈哈！”

青山睡眠医院：“感觉我家医生快失业了。”

……

除了吃瓜群众，还不乏一些专业设计师的评论，从配色、剪裁、材质等方面进行了全方位的吐槽。

夏美玟人生第一场发布会，就这样被泼了冷水，不，是倾盆大雨！

她握紧手机，气得浑身发抖：“栾鹤立你大爷！”

“阿嚏！”

栾鹤立揉了揉鼻头。记者已经被保安赶走，他一个人站在后台门外面壁思过，不敢进去。

夏美玟蹬着高跟鞋出来，看见他吓了一跳。

“玟玟，我错了。”栾鹤立哭丧着脸，就差跪下了。

黎琬识趣地退开一步："栾总，玟姐，我有事先走了。你们慢聊。"

"琬……"夏美玟话还没出口，黎琬已不见人影，"呸，资本主义的走狗！"

栾鹤立可怜兮兮地看向她："玟玟，你听我解释。"

夏美玟冷哼一声，高跟鞋往他皮鞋上狠狠一踏，大波浪一撩，从容地离开。

身后响起栾鹤立杀猪般的惨叫。

晚上回到家，夏美玟瘫在沙发上，越想越气不过，于是打开栾鹤立的朋友圈找黑料。没想到一连好几条都是帮她转发发布会的宣传。

其中一条是那束路易十四玫瑰的照片和一张昨天巴黎下大雨的天气截图，配文：熬夜紧盯，求不晚点！上帝耶稣，太上老君，给个面子吧！

夏美玟心头一荡。

所以，他睡着是因为熬夜盯空运！这人傻的吧？

可奇怪的是，她心跳却一瞬间扑通扑通的。真丢人啊！好歹也身经百战，怎么会出现这该死的反应？

夏美玟深吸一口气，盯着栾鹤立的对话框好一阵，终于发送："我原谅你了。"

伤心的栾总正在酒吧角落给孟西打电话诉苦，微信忽然响了。他定睛一看，揉了揉眼睛，再看一眼，又揉了揉，又看一眼。

忽然，酒吧角落响起京剧大花脸般的笑声。

18.

酒店的会议大厅，一场学术报告会将要开始。

孟西站在门口，刚刚挂断栾鹤立的电话。他犹豫一会儿，还是转身走出报告厅，拨通黎琬的电话。

黎琬：“喂。”

她拖着脚步走在霓虹漫漫的大街上，声音有些疲惫。

孟西拧眉：“小豌豆，你那边还好吗？”

黎琬愣了愣，勤奋的孟教授大概是问工作吧。她调整语气：“你放心吧，实验室一切正常，公司那边也没什么事。柯南家里有事请了半天假，KK和小lo妹他们……”

“我是说，夏美玫发布会的事。”孟西打断，“听鹤立说你在负责媒体，那些记者没为难你吧？”

黎琬一下顿住脚步，没有说话。

就在刚才，她的手机差点被记者打爆了，邮箱也发疯似的弹邮件。她本来就有点社交恐惧，那些连环夺命call，就像在她脑子里装了个定时炸弹，嘀嗒嘀嗒嘀嗒，不知道什么时候就要爆炸。

黎琬也不知怎么的，委屈一下子就涌上来。

其实这也不算什么大事，可一听到孟西的声音，她的心就瞬间变得柔软，变得多愁善感。

很久以后她才知道，原来这就叫“相思”。

已是傍晚，街边高楼林立，窗格都亮起了灯，像一颗颗闪耀的小星星。黎琬像个迷路的孩子，可那些星星，没有一颗能为她照亮回家的路。

“孟西，”她语气很轻，问道，“你什么时候回来啊？”

话音未落，电话另一头传来模糊的声音：“孟教授，报告会快开始了，请尽快入座。”

孟西回头看了一眼会场，已经座无虚席。他微微凝眉，捂住手机，走远一些，才说："小豌豆，你说什么？"

黎琬一个激灵，刚才话一出口她就后悔了，自己中邪了吧？还好孟西没听到，不然肯定觉得她多管闲事吧。

她忙说："没事，你去开会吧。那些记者我都拉黑了。"

孟西没有说话。

黎琬："真没事。"

孟西："明天下午的飞机回来，组委会统一订的。"

"啊？"黎琬一慌。他不会真听到了吧？

孟西："你是不是……想我了？"

黎琬的表情一下绷紧，像个做坏事被抓正着的孩子，明明孟西看不见，她却还是忍不住摆手："不是我，不是我，是，是 KK 他们问的，还有栾总。栾总想你了，嗯……都是为了工作嘛。"

孟西垂眸一笑，背靠在墙上，默默听她胡扯。小豌豆的语气慌乱，可孟西却十分享受。女人的音色很美妙很轻柔，不论她说什么，他都愿意一直听下去。

黎琬乱七八糟说了一大堆，忽然想起孟西还有会，忙说："你快去开报告会吧，别跟我闲聊了。"

孟西"嗯"了声，脚步却不动，也不挂电话："回家了吗？"

"在路上了。"

"自己一个人在家注意安全，到家给我发个微信。"

黎琬老老实实地答应了。她挂了电话才反应过来，什么叫她一个人在家？孟西出差前他们也没住在一起啊！

孟西握着手机，电话挂断了好一阵他才放下。

工作人员又出来催他：“孟教授，快开始了。”

孟西：“今晚还有回C市的航班吗？”

工作人员一怔：“有是有，不过只有两小时后有一班，会议结束赶过去肯定来不及的。况且明天早上还有闭幕式，您不参加了吗？”

今晚的报告会孟西只是参与嘉宾，闭幕式更是打酱油，他在不在其实影响不大。

“麻烦帮我订两小时后那班飞机吧。”孟西冲工作人员微微一笑，难得的温和，“放心，组委会那边我自己请假。”

工作人员叹口气，还想挽留一下：“孟教授一定要今晚回去吗？”

孟西看了眼手机，嘴角扬起甜蜜的笑：“有要紧事。”

黎琬回到家后，听话地给孟西发了个报平安的微信，然后再给夏美玟打电话。

经历了今天下午的风波，夏美玟居然异常坚强。她一边跟黎琬吐槽键盘侠，一边又挑了一些说得在理的批评，截图搜集。

“我觉得这个设计师说得对。我的这一系列设计太流于表面，哥特风与中国风并没有做到深层次的融合，所以看起来才会怪。”夏美玟叹口气，“归根结底还是我理工科出身，文化水平不够。琬琬，我决定了，我要去深造！我要去游学！”

“您老就这么愉快地决定了？”

“没错！”夏美玟大手一挥，一副指点江山的架势，“我要去领略祖国的大好河山，身临其境地感受中国风，再将其融入我的设计。”

黎琬笑了笑：“说得这么高大上，不就是去旅游散心吗？”

夏美玟撇嘴：“死女人，狗嘴里吐不出象牙。”

“您老吐一个给我看看？”

“……”

二人又插科打诨一阵才挂了电话。夏美玟这样的状态，黎琬也松了口气。至于那些烦人的记者，还是别告诉玟姐了。人生第一场发布会就被全网群嘲，夏美玟再没心没肺，也承受了不小的打击吧。

只不过她习惯了强悍，即使亲密如黎琬，也不愿在黎琬面前暴露自己的脆弱。

记得夏美玟说过，她和黎琬看着天差地别，其实是同样的人，所以黎琬能懂她。只是，夏美玟的强悍很张扬，黎琬的强悍却很内敛。

黎琬不会像她一样怼人，对于不喜欢的人或事，只会默默远离。

由于社交恐惧的缘故，黎琬也不大会主动约朋友，觉得孤独了就看看书、泡泡咖啡厅，总之不给别人添麻烦，也能自得其乐。

黎琬一直觉得这样的状态挺好的。

可最近不知道为什么，她心里的孤独感特别强烈，尤其刚才接到孟西的电话时。有那么一瞬，她想，要是孟西在身边就好了。

人就是这么奇怪，孤独是苦的，可如果习惯了倒也无所谓。但总有一天，会有个人闯入，给你一颗糖。

一旦尝到了甜头，就再也吃不得苦了。

孟西说，那是续命之味，令人贪得无厌。

可此时的黎琬，还不知道怎样去定义。她只是鬼使神差地走到对门，用“闲人免进”的指纹解锁。

屋子里清一色的性冷淡风，蓝色的窗帘，灰色的沙发，还有随意搭在沙发上的男人的针织外套。一切都充满了孟西的气息，好像他并没有出差。

从什么时候起，孟西已经渗透到她生活的各个角落？似乎孟西的存在变成了她的一种习惯，他成了一个必不可少的人了。

黎琬甩了甩脑袋。这种想法太奇怪了，前所未有。可他只是个邻居啊！

她正纠结着，只听“啪”的一声，屋子一下子变黑。

什么鬼？

停电了？

黎琬摸索着打开手机电筒，试了几个电灯开关，果然停电了。

她打给物业，物业的回答特别官方：“不好意思，黎小姐，停电原因正在排查，我们会尽快恢复用电的。不过，您刚才说的门牌号不是孟教授家吗？您在孟教授家？”

黎琬一惊，心虚地挂断电话，还是回去等来电吧。

等等！

门锁是智能锁，这一停电岂不是……黎琬忙冲过去按指纹，手指都快磨平了，门锁依旧稳如泰山，动也不动。

对了，还有备用的机械钥匙。可孟西将钥匙放哪儿了？吧台？鞋柜？厨房？

黎琬抹黑找钥匙，一会儿磕着桌角，一会儿撞到头，找了半天也没找到，人倒是狼狈得很。

她现在只想撞墙。

要不，直接问孟西？

不妥，不妥！他一定会问自己为什么在他家，到时候怎么解释？中邪，还是梦游？

她脑中不由自主地又浮现起孟王爷的邪笑："小豌豆，你这般投怀送抱，本王可做不来柳下惠。"

黎琬猛地打个寒噤，坐也不是，站也不是。

手机忽然响了，她吓了一大跳，原来是物业。

黎琬吐口气，背上的冷汗还没干："喂。"

物业："黎小姐，停电原因已经找到了，我们正在抓紧维修，预计三小时之内来电。孟教授一直关机，既然你们在一起，麻烦您跟他也说一声吧。谢谢啊。"

黎琬惊道："我们没……不是你想的那样……"

物业早挂了电话，黎琬的声音越来越没底气，多此地无银的解释啊。

唯一庆幸的是，孟西明天才回来，等来电了自己再溜就是了，再买一支口红贿赂物业妹子。神不知鬼不觉，完美！黎琬长长松了一口气，一下瘫在沙发上。

夜里有点冷，她往沙发里缩了缩，枕着抱枕，扯过男人的针织外套搭上。孟西的沙发又软又大，针织外套也散发着令人安心的气息。不知不觉间，她竟沉沉睡去。

孟西到家时早已经来电。他开锁进门，一下子顿住了。

小豌豆安安静静地躺在沙发上，一动不动，好像是……睡着了？女人搭着他的外套，蜷成一团。昏黄灯光下，细碎的额发耷在她眼皮上，呼吸又轻又浅。

孟西凝视着小豌豆，浅浅一笑，目光极尽温柔。他脱下外套给她搭上，又伸出手指，轻轻拨开她的额发，语气很轻："小豌豆，去床上睡好不好？"

黎琬好像听见了，一下子皱眉，囫囵说着梦话："王爷不要！"

孟西愣了半晌，忽然想起她上课打瞌睡时，手机上《天杀的孟王爷》的文档。

他垂眸一笑，小心翼翼地将她横抱起，凑近她耳边低声说："本王的床，怕什么？"

19.

一夜酣眠。

醒来时，黎琬顶着鸡窝头，一脸蒙。

什么情况？

难道自己真的有梦游症？还梦游到孟西的卧室了？

她连滚带爬翻下床，一边整理床铺，一边狠狠骂自己。怎么在人家家里睡着了呢？还好孟西是下午回来，她还有时间复原案发现场。对了，还要在孟西回来前买口红封物业妹子的口。

黎琬扶额一叹，人生真是太艰难了！

整理好床铺，她再三检查，才松了口气，大摇大摆地走出卧室。

"昨晚睡得好吗？"

孟西坐在餐桌上，冲小豌豆微微一笑。男人穿着宽松的家居服，桌上是丰盛的早餐。

黎琬瞬间愣住，像被点了穴。

一定是幻觉！

她拍拍自己的脸蛋，又揉揉眼睛。该死的，孟西的幻象怎么还在？接下来，她尝试了用各种方法证明这是个幻象。

回到卧室重新开门，他还在。

洗把脸清醒清醒后，他还在。

念了个驱鬼咒语，他依旧在！

黎琬："……"

她终于放弃挣扎，低着头走到孟西面前，灰溜溜的，脸憋得通红。

孟西低头看她，笑道："气色不错嘛，看来睡得很好。"

黎琬尴尬到爆炸，恨不得挖个地缝钻进去，只支支吾吾道："那个，你不是说……今天下午才……回来……吗？"

孟西轻笑："所以，你打算再睡个午觉？"

"不是，不是，"黎琬狂摆手，像个被老师冤枉的孩子，"虽然情况挺复杂的，但我可以解释，如果……你能信。"

小豌豆眨巴眨巴眼睛，真诚又可怜兮兮的。

孟西忍不住揉揉她的脑袋，虽然短发乱成了鸡窝，但还是特别可爱呀。

"不用解释。"他语气温柔，"又不是外人。"

啊？

黎琬有点蒙。

孟西："吃早餐吧。"

"哦，哦。"黎琬愣愣点头，像是被人支配，乖乖坐在餐桌上。

她今天特别殷勤，一会儿要帮孟西倒咖啡，一会儿又要帮他抹果酱，就差喂到嘴里了。她到底是心虚，只有这样缓解尴尬。

孟西倒是很享受，出门的步伐都比平时轻快些，整个人像飘在云端。这种肉眼可见的变化，让“实验猿们”都惊呆了。

KK 在“孟德尔天气预报群”里发消息：“老铁们，百年难得一见的晴空万里啊！有事找他的赶快去，机不可失，失不再来！”

柯南回复：“淡定，以后大晴天多着呢。”

KK 缓缓放下手机与柯南对视，柯南白他一眼，潜台词在说：瞧你那没见过世面的样子！

他扶了扶眼镜，朝黎琬的工位努嘴。

“实验猿们”纷纷抻长脖子，相视一笑，露出秒懂的眼神。

此时的黎琬正猫在实验室外给夏美玟打电话。对于今早的情况，她还是蒙的，仍是心慌。

这件事就这么过去了？孟西就这么原谅了她？

夏美玟倒淡定，一边刷牙，一边说：“你醒来的时候穿衣服了吗？”

“呸！你想什么龌龊事呢？”

夏美玟“嘁”一声：“那你慌什么？”

“他不会觉得我是变态吧？”黎琬十分懊恼，“唉！怎么梦游到他卧室去了呢？”

夏美玟“呸”一声吐出泡沫：“大姐，我快被您老蠢哭了好吗？显然是孟西抱你进去的啊！”

黎琬：“什么？怎么可能？”

正常的操作不是应该叫醒她，然后审问一番再赶出去吗？

夏美玟叹口气，念经似的说：“怜香惜玉，于心不忍，情之所钟，君子好逑……”

一大堆关于爱情的成语钻进耳朵，黎琬无语：“不可能！我们从小就认识，怎么会……”

“青梅竹马。”夏美玟打断。

黎琬：“我们只是邻居。”

夏美玟：“近水楼台先得月。”

黎琬扶额：“您老拽文上瘾了吧。”

夏美玟一本正经道：“我是在提高我的文化素养！某相声艺术家说，艺术拼到最后都是拼文化！懂不懂啊你？”

黎琬忽然觉得，找夏美玟说正事是一个错误的决定。

她挂了电话，长叹一声：“我真是太难了！”

“是吗？”

头顶传来低沉的男声。

黎琬一惊，手机都快吓掉了。她缓缓转身，扯着嘴角笑了笑：“你……一直在？”

“刚到。”孟西微微一笑，“一起去趟你们公司吧，鹤立好像有急事。”

黎琬愣愣地应了声，埋头噔噔跟上。

一到公司，她就感觉出氛围不对。同事们都无心工作，三三两两聚在一起讨论什么，神情紧张。

她与孟西相视一眼，直奔总裁办公室。

栾鹤立的状态也不大对劲。他坐在沙发上，眉头皱得很紧，嘴唇绷成一条线，一双手紧握咖啡杯，指节微微发白。

孟西："鹤立。"

"你们来了。"栾鹤立一下回神，抬了抬眼皮，"坐吧。"

孟西："出什么事了？"

"是爷爷。"栾鹤立语气沉重，"刚下的病危通知，我要立刻赶回新加坡了。"

黎琬一惊，终于明白同事们为什么是那样的状态。

栾总这一走，无异于将公司置于无主的境地，尤其是素纱襌衣项目，正处于研究的关键阶段，是半点也掉不得链子啊！可栾老爷子病危，不论对于栾总还是栾氏集团，都是天大的事。

"咚咚咚！"

李秘书敲玻璃门："栾总，飞机已经安排好了，随时可以起飞。"

栾鹤立点头："一小时后出发。"

李秘书应声而去。

栾鹤立转向黎琬，神情严肃："我不在期间，公司由市场部的张总全权负责。刚才各个项目的负责人已经开过会了，别的我不担心，可素纱襌衣项目是目前的重中之重。如果有张总处理不了的情况，你随时联系我。"

黎琬点头，一时也变得紧张起来。

他又看向孟西，正要开口，孟西的手掌忽然拍在他肩头上："放心。"

一句放心，胜过千言万语。

栾鹤立点点头，深吸一口气，踏上回新加坡的飞机。

接下来的一个月，黎琬几乎天天加班。平时有栾总做后盾，现在他一走，黎琬才知道独自面对有多难。除了见投资人、写报告，还要应付新官上任的张总。

这位代理总裁三天两头就要黎琬提交进度报告,可把她折腾得够呛。

孟西看着不忍心：“你别理他了。他再这样，让他直接找鹤立。”

“还是算了吧。”黎琬托腮坐在工位上，一脸生无可恋，“你不是说，栾总昨天才在栾氏集团的董事会上碰壁吗？这点小事还是别麻烦他了。张总这个人吧，虽然爱折腾了些，好在也没影响项目。你放心吧，我能应付的。”

孟西无奈一笑，揉了揉她的小脑袋，只好陪她加班。

夜已深，月光洒进实验室的窗户，映着女人的侧脸。她工作很认真，目不转睛地看着电脑，而他看着她。

忽然手机响了，孟西又看黎琬一眼，捂着手机走出实验室，才道：“鹤立。”

栾鹤立：“那边什么情况？”

一个月没见，他的声音听上去很疲惫，却还强撑着。

孟西：“那位张总暂时还没什么异常，就是爱折腾些。”

栾鹤立：“老孟，你可得帮我盯紧。他是我二叔的人，我不放心。公司里的人背景都太复杂，我唯一能信的就只有你们了。”

孟西是他最好的朋友，而黎琬是公司成立初期他亲自招的应届毕业生，知根知底。所以，即使她没有独立负责项目的经验，素纱禅衣项目也只敢交给她。

所幸，她做得不错。

“老孟，这件事先不要告诉黎琬。如果我失败了，我二叔也不至于在金融圈封杀她。”

“我明白。”

栾鹤立点点头，回头看一眼病房中的爷爷。隔着玻璃窗，老人满头白发，浑身插满了管子，躺在床上一动不动。

栾鹤立叹口气：“该换点滴了，回头再说吧。”

孟西“嗯”了声。

电话挂断，栾鹤立走进病房，像往常一样按下呼叫铃。护士就在隔壁，来得很快，专门为栾老爷子一人服务。

栾鹤立看着爷爷，一腔酸楚忽然涌上来。

从前意气风发，指点江山的爷爷，就这样躺在病床上说不出话，甚至连意识都很薄弱。

怎么一下子就这样了呢？

去年过年的时候，爷爷还精神得很，还说要栾鹤立好好经营鹤行基金，在中国扎根，带栾氏回家。

爷爷是华人，一辈子心心念念的就是回中国发展。他说，总有一天他要回到故乡，看一看故乡的人，听一听故乡的话，再坐在摇椅上望一望故乡的床前明月光。

“栾总，”护士声音发颤，打断他的思绪，“董事长他……他……”

栾鹤立心里“咯噔”一声，脚一软，一下扑到床边。

C市，孟西家的电视机上正播放新闻。背景是殡仪馆门口，社会名流来来往往，镜头前的财经女记者手握话筒，一脸严肃：“据悉，昨日凌晨，栾氏集团董事长因心脏病突发逝世，享年九十八岁。栾家子孙相继归来，坊间传闻的接班人栾鹤立却迟迟未能现身。万众瞩目的栾氏大权将花落谁家？我们将持续关注这场豪门之争……”

孟西啪地关掉电视，看向窝在沙发里吃泡面的栾鹤立。他狼吞虎咽，行李箱还歪歪倒倒被扔在沙发边。

20.

谁也想不到，栾鹤立从葬礼上溜了。

根据遗嘱，董事会要求他立刻接手栾氏，出任CEO，但前提条件是，必须撤出鹤行基金。

“遗嘱里根本没提鹤行基金。”栾鹤立咽下一大口泡面，“我知道他们打什么主意。鹤行基金是我的私人产业，栾氏只是股东。集团股东们听了二叔的忽悠，怕我身在曹营心在汉，借机转移集团资产。”

孟西正抱着电脑码论文，语气波澜不惊：“所以呢？”

“所以我拒绝了！小孩才做选择题，少爷我都要！”栾鹤立狠狠一口咬断泡面，忽然又耷拉下脑袋，“然后集团撤资了。”

孟西手指一顿。

鹤行基金的项目大多还没到回报期，一旦栾氏撤资，鹤行基金只怕也得被迫关门。他们倾注了许多心血的素纱禅衣项目，更是不保。

孟西眉心微微皱了皱，继续码字：“你打算怎么办？”

“栾氏那边，我是一定要回去继承的。他们不就是赌我放不下鹤行基金，想趁我不在瓜分栾氏吗？”鹤行基金和素纱禅衣项目不仅是自己的梦想，更是爷爷回家的路，爷爷走不完的，他走。

他继续说：“至于鹤行基金，只能先进行法人更替，稳住新加坡那边，再去银行贷款。至少，要维持素纱禅衣项目的推进。你放心，我早晚会回来的！”

“法人……你要转给谁？”孟西停下码字，忽然有一种不祥的预感。

门锁忽然响了。

黎琬提着早餐进来。平常总是孟西照顾她，她打算今天也给邻居送一回温暖。

“孟西，吃早……”她脚步一顿，早餐噼里啪啦掉了一地，“栾，栾总？您怎么……又在？”

“这个‘又’字用得好。”栾鹤立朝孟西眨一下眼，“法人来了。”

在黎琬的印象中，栾鹤立从来没对她这么殷勤过。一番晓之以理，动之以情后，黎琬才反应过来。

“公司的法人换……换成我？”她难以置信地指着自己。

“你放心，我会分股份给你以示感谢。”栾鹤立一脸卖惨，“你看，我爹早没了，爷爷也没了，我就是个背井离乡的可怜人。你就不能看在我是你的伯乐，还是你男人的兄弟的份上救救命吗？救我啊，嫂子！”

话音未落，他就要去抱黎琬的大腿，孟西一把拦住，巴掌抵在他脸上：“你要不要脸？”

栾鹤立：“脸是什么？能吃吗，好吃吗？”

孟西无语，转向黎琬：“小豌豆，别管他，你自己考虑。”

黎琬觉得有点上头。她绕过二人，坐在沙发上发呆了几分钟，才说：“好。”

女人的声音又细又弱，像蚊子哼哼似的。但孟西知道，小豌豆的性格很谨慎，很多话不会轻易说出口，一旦说了，她必然尽全力。

后来孟西问她，当时为什么一口就答应了，毕竟法人需要承担很大的责任。黎琬只说当时没想那么复杂，但如果素纱禅衣项目因此告吹，她会后悔一辈子的。最关键的是，还可能失去一个好老公。

办完法人更替手续，栾鹤立立刻赶回新加坡的战场，黎琬便开始着手申请贷款的事。

孟西陪她坐在银行的 VIP 接待室，等待贷款审批结果。小豌豆异常紧张，双手握在一起，噌噌冒汗。

孟西按了按她的手，温暖一笑："咱们尽人事了，别担心。"

黎琬点点头，深呼吸。孟西就像她的专属镇静剂，不论多紧张的时刻，只要他一个微笑，甚至一个眼神，她就能岁月静好，波澜不惊。

银行的客户经理身着正装，踩着高跟鞋出来，带着标准的职业微笑："黎小姐、孟教授，不好意思久等了。这是我们的评估报告，实在抱歉，这笔贷款我们只能发放 50%。"

黎琬一下握紧双手。

客户经理解释道："贵公司的项目和经营状况都没有问题。但近期栾氏撤资，你们还更换了法人，加上你们是轻资产公司，抵押物也不达标，所以……"

孟西淡定地翻着评估报告："我的项目还不值银行全额发放贷款？"

"那哪能啊？可孟教授您只是合作方。"客户经理抱歉地笑了笑，"既不是股东，也不是法人配偶，我们银行很难做的。"

孟西："我可以是。"

啊？

是什么？

黎琬一脸蒙，傻愣愣地望着他，却暗暗揪紧了心。

男人笑了笑，忽然凑近，手臂搭在她的椅背上："50% 的配偶，可以吗？"

男人的脸不过咫尺，黎琬甚至能感到他轻飘飘的，如羽毛般的呼吸，痒痒的，仿佛在她心尖挠。

她僵直着不敢动，气血直往上涌，涨得满脸通红。她深吸一口气，一把抓过评估报告，拔腿就逃，像一颗骨碌碌滚动的小豌豆。

孟西望着她的背影，宠溺一笑，跟着快步追去。

客户经理满脸震惊，她见过各种奇葩的客户，还没见过贷款现场求婚的！佩服，佩服！还有点羡慕嫉妒呢！

她打开银行八卦群，发送："我就说帅教授和那美女是一对吧！姐过几天放实锤！你们就别打歪主意了！我的客户我来守护！"

银行门口，孟西一把抓住奔跑的黎琬："小豌豆，我又不吃人。"

男人有点委屈，又怕吓着她，只好缓缓松开她的手腕。

黎琬只觉手腕一凉，怅然若失，一时也不知道该说什么。

她看向孟西："你……对栾总真好。"

孟西皱眉，内心画了个超大问号。

黎琬叹口气，语重心长："你可得想清楚了，帮兄弟也不是这样帮的。你以后再结婚，可就是二婚了。"

她表情纠结，脑中浮现出各种婚恋网站的广告：孟西，二十九岁离异男寻温柔女，本人五官端正，经济状况良好，不介意带子女……

孟西好像能看穿她的脑洞，他笑了笑，揉揉她的脑袋："不会的。"

他结了就没想离。

"也是，我会帮你解释嘛。"黎琬仰面笑了笑。

“你呢？也不介意吗？”孟西说。

要不是从小认识，足够了解小豌豆，她这样为公司付出，他都怀疑她看上栾鹤立了！

黎琬笑得有点贼：“挣扎在金融圈底层的单身狗，和有公司股份傍身的离异女，你说我选什么？”

孟西垂眸一笑：“既然如此……”

忽然，他单膝下跪，不知从哪儿掏出了一枚钻戒。

钻石被打磨成小豌豆的形状，又亮又闪。

黎琬吓了一跳。

这是什么操作？随身带钻戒是什么鬼？

孟西一边替她套上钻戒，一边淡定地说：“出门在外，总是要随身携带一些工具，以备不时之需。就像你们女孩子的口红一样。”

在黎琬还没反应过来时，钻戒已牢牢戴在她的无名指上。

孟西的解释是，做戏做全套。

黎琬却不知道，早在她满法定婚姻年龄二十岁的那天，孟西就定做了这枚钻戒，多年来一直随身携带。

万一有个契机呢？他相信，机会总是留给有准备的人。

果然，上天终究待他不薄。

领结婚证那天，孟西一大早就煮了汤圆，小豌豆吃得挺开心，直夸孟西手艺好。这时的她，还不知道汤圆对于男人的意义。

临出门时，孟西特意换了新买的红围巾，还逼着黎琬也去换了套红的。她钻进车时又发现，车里也是大红一片，挂满了同心穗、如意锁，还放了喜糖……搞得跟真结婚似的！

黎琬随手剥开一颗吃，在心里暗暗竖起大拇指，搞科研的人就是严谨。

民政局，二人并排而坐，面前是两份《申请结婚登记声明书》，只要再按上指纹，二人就是合法夫妻了。

工作人员笑眯眯地说："印泥用完了，你们稍等一下，我去取新的。"说完起身而去，时不时地回头看他们，眼睛里充满了祝福。

其他新人也朝这对高颜值夫妻投来祝福的目光。登记大厅无时无刻不在冒着粉红泡泡。

黎琬被看得背脊发麻。她压低声音，靠近孟西："趁着没印泥，你要是现在后悔，还来得及。"

为了配衣服，黎琬今天涂了正红的口红，唇瓣一张一合，像草莓软糖，让人忍不住想咬一口。

男人看着她，眼中似有星辰，那星光，曾照亮他的生命。

"不悔。"

他耳语，忽然单手捧起她的脸，拇指抹过她唇上的口红，在《申请结婚登记声明书》上按下指纹。

"新婚快乐，孟太太。"

第三章

幸会，我的孟太太

21.

男人婚后是会变的，果然是一句至理名言。

黎琬一直以为孟西是个老实人、傻书生，可领证之后，他简直变了一个人！天天打电话叫她起床，天天邀请她共进早餐、午餐、晚餐，天天觍着脸，半开玩笑似的叫她“孟太太”。

有一次在实验室孟西差点就脱口而出，黎琬一把捂住他的嘴，拖进办公室，留下门外一群傻眼的“实验猿”。

孟西只解释说，虽然是假夫妻，但做戏做全套，他还是会尽到丈夫的义务。

黎琬无奈，心里又慌又乱，这几天一直躲着他。谁知道今早刚出门，就被他逮个正着。

孟西双手插在裤兜里，靠在门上，好像特意守株待兔：“早啊，孟太太。”

小白兔脚下一闪，一把扶住门：“早，早啊。我去上班，再，再见！”

话还没说完就想溜。

孟西憋笑，拽着她的单肩包带子：“上什么班？今天该去办贷款了！”

黎琬这才惊觉，昨天贷款已经批下来了。她只好硬着头皮跟孟西去银行。

VIP 厅中，客户经理憋着笑，趁机拍下两人的结婚证发到八卦群里：“姐妹们，你们要的锤！请叫我半仙。”

而栾鹤立作为这场婚姻的最大获益人，第一时间就弹来了视频。

“老孟，黎琬，恭喜恭喜！礼金本少爷先欠着，就当是存在我这里，回头公司赚了钱，少爷连本带利地随礼啊！哈哈哈！”

黎琬被他说得满脸通红，深深埋着头，就差钻进地缝里了。孟西看了看小豌豆，隔着屏幕，直想呼栾鹤立一巴掌。

“别得了便宜还卖乖！”

“是是是，孟教授说得对！您说什么都对！”

黎琬双手合十，做祈求状：“那个，栾总，这件事求求你千万别张扬出去啊。毕竟是假的，孟西一个大好青年，以后还要结婚呢！拜托拜托！”

视频中，栾鹤立憋笑，意味深长地看向孟西：“是吗，孟教授？”

孟西冷哼一声：“吃你的喜糖吧！”

黎琬吃惊地问：“你还给他寄了喜糖？”

栾鹤立将糖拿到镜头前晃了晃，剥了一颗，边嚼边说：“对于我也是喜事嘛。放心，我不会告诉别人的。”

哪承想，栾鹤立反手就给夏美玫发了消息，她应该不算“别人”吧？不算！没毛病！

他还嘚瑟地发了喜糖照片给她，配文：“我有，你没有。”

夏美玫正在敦煌看壁画，惊呼一声，气得差点砸手机！周围的游客们吓了一跳，纷纷投来关爱神经病的眼神。

夏美玫冲出人群给黎琬打电话：“你居然背着我结婚了！”

黎琬正在实验室写文件，鼓膜都快被她震裂了。夏美玫嗓门太大，“实验猿们”也能隐隐约约听见。大家不动声色地，目光直往黎琬身上瞟。

KK 在“孟德尔天气预报群”里发消息：“是说的结婚？我没听错吧？”

小 lo 妹：“我听着也是。所以，老孟出局了？”

其他人纷纷发了个蜡烛的微信表情，队形整齐，为孟教授默哀。

只有柯南发送：“你们怎么知道新郎不是老孟？”

群里沉默一阵，纷纷发出“细思极恐”的表情包。

黎琬心虚，捂紧手机听筒，噔噔跑出实验室，才说：“您老能不能小点声？”

夏美玫：“哟！您老都能背着我办那么大的事，我凭什么小点声？”

黎琬：“你听我解释。其实……”

微信忽然响了。

黎琬拿下手机一看，是她和爸爸妈妈的三人家庭群，怎么忽然多了孟西？还是妈妈拉进来的！

接着，黎妈妈发了二人的结婚证照片，发文：“谁给我解释一下？”

黎琬瞬间僵住：“玟姐，我完了！”

话音未落，群里弹出孟西的回复：“爸、妈，我和琬琬的事说来话长，没有提前告诉你们是我们不对，我们下班立刻回来请罪。请爸妈放心，我一定会给你们一个满意的答复。”

黎琬的脑子“轰”的一声，顿时一片空白。

他在说什么呀？

我是谁？我在哪儿？发生了什么？

晚上回家时，黎琬颤抖着不敢进家门。爸妈要是知道她为了公司贷款与人假结婚，不打死她才怪！

她看向孟西，像抓住救命稻草：“你可别说漏了啊。”

孟西笑了笑，看向她的右手无名指，忽然皱眉：“戒指呢？”

“哦，哦，对，戒……戒指。”黎琬慌慌张张地在包里翻，小手颤颤巍巍，差点拿不稳。

孟西偏头看她，无奈一笑，接过替她戴上：“不许再忘了。”

黎琬一愣，傻乎乎地点点头。这就进入角色了啊？靠谱，靠谱。

孟西敲门，开门的是黎妈妈，看见他们后脸色一下子黑了。

孟西咧嘴一笑：“妈。”

“妈什么妈？”黎爸爸从后面探出圆圆的脑袋，“滚进来说！”

二人并排坐在沙发上，接受着黎爸黎妈无情的审视。

黎琬总觉得此处应该有盏强光台灯对着他们，再在墙上贴八个大字：坦白从宽，抗拒从严。

她灰溜溜地埋着头，孟西看上去倒是淡定，可他的手紧紧握着她的。

黎琬知道，淡定的外表下，他也紧张到爆。

尤其面对黎爸爸凶神恶煞的眼神。

“不是张阿姨的女儿在他们银行八卦群看到结婚证，我们现在还被蒙在鼓里！”黎爸爸瞪着眼，“是不是她逼你结婚的？”

黎琬：“不是。”

黎爸爸：“我问你老公，你插什么嘴？”

啊？

黎琬一惊，满脸问号。

黎爸爸叹口气，用关爱的眼神看着孟西，好像孟西是受尽委屈的那个。

他拍拍孟西的肩：“小西啊，受累了。”

孟西肩膀一麻，小夫妻相视一眼。突如其来的反转，让两个人都有点反应不过来。

黎妈妈：“小西，琬琬没欺负你吧？”

“谁欺负他了？”黎琬就要跳起来。

孟西一把按住她的手，温柔一笑：“我愿意被琬琬欺负一辈子。”

男人的笑容似三月的春风，又似冬日的暖阳。黎琬愣愣地看着他，不知不觉心就软了，脾气也散了，整个人融化在他的温柔里，软成一摊泥。

黎家爸妈老脸一红，好一阵没说话。

黎妈妈咳了咳清嗓：“张阿姨的女儿说你们在办贷款？是买房吗？需不需要我们帮助？”

黎琬一下抓紧孟西的衣袖，看向他的眼神仿佛在说：贷款可不能细聊，再聊指定穿帮！

孟西拍拍她的手：“妈，没错。我们把对门买下来了，我不希望琬琬生活过的房子属于别人。”

黎妈妈又被喂了一口狗粮，只好尴尬地笑了笑：“好，好，小西有心了。”

黎琬松口气,傻书生可真会掰扯。只是她不知道,孟西说的都是实话。

吃过晚饭，一家人吃吃水果、看看电视，聊着二人背好的恋爱过程，黎爸黎妈又憧憬着婚礼、外孙，不知不觉已是深夜。黎琬发现，谈起她的恋爱和婚姻，家里还从没这么其乐融融过。

黎妈妈看一眼时间：“都快十二点了！你们快去休息吧，明天还上班呢。爸爸已经多放了个枕头在琬琬屋里，小西的新毛巾也烫过了，牙刷牙杯都在浴室。快去洗洗睡吧。”

黎琬脸色一下白了。

她千算万算没算到这一出，怎么还要留宿呢？

孟西冲着黎妈妈笑：“谢谢妈。”

“你谢什么谢！”黎琬压低声音朝他使眼色，又转向妈妈，“我们去隔壁睡。”

黎妈妈看看女儿，又看看女婿，露出意味深长的笑容：“知道你们想什么，克制点，明天还要上班呢！快去早点睡啊！”说完就和黎爸爸回房间了。

黎琬表情一僵，像吞了颗雷。她试探着看孟西：“要不，还是去隔壁吧？”

“克制点。”孟西揉揉女人的短发，嘴角的笑意若有似无。

黎琬急了：“我睡沙发！”

孟西：“隔壁不吉利。”

在那里，曾经有个男人放弃了自己的妻子。

孟西的声音很低、很沉，眸子垂下，试图用睫毛遮挡眼底的落寞。那种落寞，像极了十三年前，楼道口脏兮兮的小西哥哥。

黎琬知道，那一年秋天，孟西的妈妈去了。

死生亦大矣！

当年，十三岁的小黎琬不知道该怎样安慰小西哥哥，只有借口帮他过生日，或许才能不露痕迹吧？其实，又有谁是举着打火机许愿的呢？

“孟西……”

“快睡吧。”男人笑了笑，牵起她走进卧室，掌心有些发凉，“我睡地板就好。”

他指着衣柜顶层：“被褥是放这里的吗？”

黎琬没有说话。他顿了顿，取出被褥铺在地板上。

男人的背脊宽阔，似乎承受了太多不为人知的重量，虽已伤痕累累，却从未停下，一步一步走向她。

黎琬一把摁住他的手：“地上太凉了。睡床吧，没关系的。”

孟西手一顿，女人掌心的暖与他的凉，在那一刻如冰火交织。他心底灌入蜜糖，开出漫山遍野的花。

男人的睡相很好，安安静静的，也不会乱动，只是眉心有些皱，并不那么安稳。黎琬忽然有些心疼，异于常人的天才，也承受了异于常人的苦难吧。她从被窝中伸出手指，想抚平他眉心的褶皱。

“怎么还不睡？”男人闭着眼，声音很轻很温柔。

黎琬一慌，忙钻进被窝：“谁说我没睡？我，我睡了，又，又醒了……大概饿了吧……”

男人轻轻一笑，撑起头看着她：“所以，看我这么久，是觉得我秀色可餐？”

黎琬脸一红，翻身下床，脑子有些乱，拖鞋都找了半天才穿上：“你快睡吧，我出去觅食。”

“一起。”孟西取下外套替她披上，“正好我也饿了。”

22.

深夜的大街上，路灯洒下昏黄的光。黎琬裹紧外套走在前面，孟西手插在裤兜里，悠闲地跟着，嘴角挂着一丝若有似无的笑意。

已经凌晨了，没有店铺开着，就连学校对面那家开到很晚的甜品店都关了。卷帘门上贴了一张字条儿——老板结婚纪念日，今日歇业。

黎琬尴尬地笑了笑，宵夜没吃成，还被喂了一把狗粮。

孟西低头看着她，笑道：“别酸，今天也是你婚后首次回娘家纪念日嘛！”

黎琬一噎，笑得更尴尬：“我们还是快回去吧。”

她转身朝马路快步走，刚踏出去，只见强光一闪，一辆送外卖的摩托车疾驰而来。

“小豌豆！”

孟西一把抓住黎琬的手腕，拉进怀里。摩托车擦身而过，带起女人的衣摆和发丝。孟西紧抱着她，脸色煞白，后背渗出冷汗。

外卖小哥急刹车，跑过来：“没事吧？要不要去医院？”

孟西稍稍放开黎琬，三百六十度检查了一遍，重点看了看四肢，才松口气。

外卖小哥：“不好意思啊，我急着送餐。”

孟西：“以后慢一点。”

外卖小哥一脸愧疚，道了好几次歉才肯离开。

孟西转向黎琬，朝她额头敲一记：“叫你跑！”

黎琬吐了吐舌头。刚才车速那么快，如果不是孟西，她不死也能落个终身残疾。

黎琬：“谢谢你啊，救命恩人。”

孟西没说话，摊开手掌。

黎琬：“答谢费？”

男人无奈一笑，牵起她的手揣到自己兜里，边走边说：“安全起见。”

黎琬只觉手掌一阵酥麻，直酥到心尖上。她呆愣愣的，跟着男人亦步亦趋，温顺得像一只被牵着的小猫咪。

今夜没有月亮，零散几颗星星微微闪烁。两个人的影子被拉得很长，挨在一起，合二为一。他们没有说话，只是安安静静地漫步，岁月静好，你亦静好。

就这样一辈子走下去也不错吧！黎琬垂眸，笑得很温柔。

“对了，”她看向孟西，“领证的事，你爸知道吗？”

孟西表情一僵，没有说话。

过了好一阵，孟西才叹口气：“很多年没联系了。”

黎琬怔住。当年的真相她并不知道，大人们也绝口不提。她更不知道，他们父子俩的关系已经差到了这种程度。

孟西一直羞于跟她提起这件事。小豌豆是向着阳光生长的人，浑身上下都是甜甜的蜜糖，她不需要了解苦难。人间疾苦，他一个人尝就够了。

但现在，小豌豆是他的合法妻子，她有权利知道，也有权利选择是否要面对这样不堪的家庭。

他接着说："当年，他本可以救我妈，但他没有。"

"他疯狂地抢救他的实验资料。"孟西冷笑一声，有些落寞，"可能在他眼里，我妈还不如一堆数据。"

当年的资料有很大一部分是纸质文档，等孟父抢救出资料再想进去救妻子时，消防员已经抬着孟西妈妈的尸体出来了。

"或许他很伟大，只是他的选择，我接受不了。"

孟西的语气云淡风轻，可黎琬仿佛看到了压在他身上的重量，越来越沉，越来越重，像是要把小小的孟西压垮。

可那时的孟西，还只是个少年啊！

黎琬看着他，忽然踮起脚，伸出手指放在他的眉心，想要抚平那一抹山川。她想，你已负重前行太久了，如果可以，也分一些在我肩上吧。

但这句话，她终究没说出口。

孟西握住她的手指，按在心口，冲着女人笑了笑。小豌豆，别担心，即使负重前行，但只要朝着你的方向，就足以举重若轻。生活曾将他打入深渊，可你出现了，他愿意向阳而生，愿意未来一片光明。

第二天，两人都挂着黑眼圈起床。

黎妈妈看了眼，憋笑跟黎爸爸说悄悄话："我就说他们克制不住吧！你输了，这个月家务你包。"

黎爸爸无奈，直感叹"失策失策"。

吃早饭时，孟西对黎琬特别殷勤，趁机又是喂豆浆又是喂油条。黎琬脸上笑嘻嘻，心里尴尬到爆，又怕穿帮，不敢不吃。

大哥，演这么过头真的好吗？

孟西凑近：“亲爱的，我今天有事出去，不在实验室。如果想我了，就打电话。”

黎琬：“我不想！”

可才到实验室没多久，黎琬就被打脸了。她总是忍不住抬头朝孟西的办公室看，可每一回都空无一人。这种感觉不太舒服……失落？失望？失魂？

黎琬甩甩头，自己大概是疯了！

一旁的“实验猿们”叽叽喳喳，孟西不在，他们简直和放风的犯人没两样。

KK：“听说他下午就到，你们说我能不能要到签名啊？”

小 lo 妹：“一定要签在教科书上！”

柯南：“我要不要穿帅点去求合影？现在回去换还来得及吧？”

……

黎琬看向他们，一下弹起来：“孟西下午回来？”

“实验猿们”一愣，用看外星人的目光看着她。

KK：“师姐，你想他了？”

黎琬：“我才没有！不是你们在说他吗？”

小 lo 妹“扑哧”笑道：“黎师姐，我们说的是顾朝林。”

黎琬眉头一皱，谁啊？

柯南推了推眼镜框：“顾朝林生于 1955 年，中科院院士，曾经在咱们学校任教，著有全国通用教材《现代分子生物学》和《分子生物学实验技术》，学术男神般地存在，堪称生物学界‘王后雄’。而今天，男神下凡，要来咱们学校做报告。”

“这么厉害啊。”黎琬听得一愣一愣的，“那孟西也学过他的教材？”

KK：“当然！”

黎琬：“孟西也会把他当偶像？求签名？”

小lo妹：“当然！”

可孟西有事不在，岂不是要错过和偶像见面？

柯南：“我已经完全推理出顾院士的行动路线，并做好一套完善的求签名求合影方案，待会儿群发给你们。”

“实验猿们”一片欢呼，给条红绸就能扭秧歌。

黎琬试探着举起手，弱弱地问：“也发我一份呗？”

大家齐刷刷地看向她。

黎琬尴尬地笑了笑：“凑个热闹，凑个热闹。”

孟西不能见偶像，至少帮他要一个签名吧。也不知道为什么，最近特别想对他好。难道他们领的不是结婚证，而是孟西下的蛊？

午饭后，黎琬随手抓了本孟西桌上的生物学期刊，早早就跑去校门口等着。

到了才发现，校门口早就围满了人。人人都拿着顾院士编纂的教材，像举应援牌一样举着。除了本校的，还有外校的，甚至临近省市的大学生都来了不少。人群里三层外三层，场面堪比流量明星的红毯现场，找个地方站脚都费劲！

忽然一阵惊呼传来，人浪涌动，顾院士在众人簇拥下下车。保安拦着人群，顾院士偶尔在伸过来的教科书上签个名。

黎琬一急，头一埋见缝就钻，也不知道被谁推了一把，“砰”的一下就弹出保安围成的人墙。头好像撞到了什么，她的手里还高举着生物学期刊，在一堆教科书中间尤其醒目。

“你也想要签名？”

头顶压下一个熟悉的男低音。

黎琬慌张地抬头。

孟西一身笔挺的黑西服，正居高临下地看着她。

黎琬现在只想撞墙。原来孟西说的有事，就是接待顾院士啊！

顾院士听见动静，用余光看一眼，女孩子正被孟西扶着，脑袋还抵在他的胸膛。老院士视而不见，一边继续朝前走，一边和蔼可亲地和同学们打招呼。

黎琬脑子一蒙——完了，不会给孟西闯祸了吧？

她转身就要跑，却被孟西一把拽住。

“别乱跑。”男人宠溺一笑，又转向身边唯一的小姐姐，“南希，帮我照顾一下她。”

南希小姐姐一头黑长直，穿着正装，戴着金丝眼镜，学术范儿十足，笑起来却很温柔。她含笑点了点头，接过黎琬的手，像个幼儿园老师。

孟西揉揉黎琬的短发：“听话。”说完，他快步追上顾院士，凑在院士耳边说了句老师什么什么的。

黎琬由南希带着，和顾院士科研团队的人一起待在报告厅后台的休息室。自打进来，她就再也没看见过孟西和顾院士了。

一屋子的人都在温习自己的报告内容，只有黎琬无所适从，想问点什么，又怕打扰别人。

南希端来一块小蛋糕：“你要是觉得无聊，那边有点心。”

她温柔一笑，指了指甜品台。

“谢谢。”黎琬礼貌地笑了笑，“请问，孟教授什么时候回来啊？”

“他陪顾院士在 VIP 厅休息，一会儿还要主持报告会，一时半会儿怕是回不来了。”南希打量黎琬，又看一眼她怀中的期刊，“你是孟西的学生吧？”

黎琬还来不及开口，旁边就有人笑道：“哟！南希，对孟教授这么不放心啊，连学生都要问清楚？”

“你就放宽心吧，孟教授粉丝那么多，什么时候动过心？”

“我可听说孟教授一直单身，到底是为了谁，南希你心里没点数吗？”

南希“扑哧”一声，脸颊泛红：“你别听他们瞎说，我和你们孟教授没什么。”

旁人起哄：“是没什么。不过就是大名鼎鼎的西希 CP，不过就是在美国顶级的实验室共事了几年，一起拿过几个大奖。不论学术还是颜值，都是生物圈公认的金童玉女。嗯……的确没什么。”

“小同学，”那人转向黎琬，“要相信你们孟教授哦，你们还是有机会的，加油哦！”

说完，几个人凑在一起憋笑。

南希无奈一笑：“真是拿他们没办法。”

黎琬僵住了，一时不知道该怎么反应。

23.

黎琬的脑子乱成糨糊，连报告会什么时候开始的都不知道。直到圆桌会议环节的时候，孟西手掌指向后台：“有请生物学界的女神，南希博士。”

南希踏着高跟鞋上台，一束追光跟随。她自信一笑，整个人闪闪发光。

“好久不见。”她向孟西伸出手。

孟西也含笑一握：“欢迎回国。”

台下的学生们忽然起哄，纷纷拿出手机拍照，齐声高呼“男神”“女神”，还有喊“在一起”的。校园论坛又一次出了爆帖。淹没在观众中的KK、小lo妹、柯南却不为所动，甚至有点不舒服。

小lo妹：“我还是觉得老孟和黎师姐比较配。”

KK：“附议。”

“放心。”柯南推眼镜框，“烟幕弹而已。”

他们不知道，黎琬正在后台愣愣地看着南希和孟西谈笑风生，听他们说着自己不懂的专业词汇。

好事者又凑上来：“小同学，听得懂吗？”

黎琬没有说话。她情绪有些低落，只找了个角落默默吃蛋糕。可为什么，今天的蛋糕一点都不甜，甚至有点酸！她越吃越觉得没意思，心里像堵了一口气，吐不出咽不下。

论坛结束，孟西和南希并肩走进后台，二人还意犹未尽地讨论刚才的话题。

孟西：“刚才跟你说的素纱襌衣项目，目前还是有一些关键数据不太稳定。你如果方便，明天帮我看看。”

南希：“没问题，不过你也得帮我看看哦！就是我上回跟你说的靶点问题，好几个……”

孟西忽然抬手打断。他缓缓停下脚步，目光落向角落吃蛋糕的女人。

角落的灯光有些暗，黎琬缩在阴影里，有一下没一下地戳奶油，嘴唇微微翘起，不太开心的样子。

孟西宠溺一笑，有点痴，有点傻。

南希看他一眼，心里七上八下的，脸上却还是保持温柔的微笑："你学生吧，挺听话的。"

孟西像没听到，只是含笑走向黎琬，一步一步，目光越来越柔软。

"小豌豆。"

黎琬吃惊地抬头，手一抖，奶油不小心抹到脸上。她愣愣地看着孟西，心中翻江倒海，又尴尬又委屈，此时真想骂一句：大猪蹄子，带我来干什么？看你秀智商秀恩爱吗？

孟西看着她脸上的奶油，"扑哧"一声，语气极尽温柔："怎么像个孩子？"

男人俯下身，忽然抬起她的下巴，轻轻擦奶油。

黎琬一怔，瞬间血气上涌，心跳扑通扑通。他那么近，睫毛都快扫到她的皮肤，她甚至能感受到他的呼吸。男人的指尖抚过她的脸颊，凉丝丝的，那么轻、那么柔，像对待一件稀世珍宝，生怕伤她分毫。

没人见过如此温柔的孟西。他在别人眼里从来都是冷漠又严厉，甚至跟这个世界有些疏离。

一群好事者围观了许久，笑道："孟教授，对学生这么体贴，不怕南希女神吃醋啊？"

"她不是我学生，"孟西搂着黎琬，甜蜜一笑，"她是我太太。"

后台瞬间安静了，只留下一张张震惊的脸。

南希像被钉在地板上，一动不动，双手紧紧握成拳头，试图阻止浑身的颤抖。

孟西的目光却温柔如初，丝毫没从黎琬身上离开：“走吧，带你见见我老师。”

男人的眼睛像一个甜蜜的旋涡，黎琬越陷越深，越陷越甜。直到出了后台，她才猛然反应过来。

她咕哝：“不是说好隐婚吗？”

孟西笑了笑，没有回答，只是偏头凝视着她：“小豌豆，刚才看我和南希在台上，你是不是吃醋了？”

“怎么可能？我们又不是真结婚！”黎琬表情紧绷，哼一声，“南希挺好的，人又温柔又漂亮，智商又高，不像我们搞金融的一身铜臭味。你真的不考虑一下吗？”

这还不是吃醋？

孟西憋笑：“不、考、虑。”

“为什么？”

他忽然弯下腰，与女人平视，声音低沉又撩人：“我是个已婚男人。”

VIP 休息厅中，顾院士打量着小夫妻。他挺和蔼的，也没架子，就像邻家的退休老伯伯，可黎琬还是莫名其妙地紧张。

“什么时候结的婚？”顾院士喝口茶，“也不给老师寄喜糖。”

孟西：“前不久结的，婚礼还没办，到时候还要请老师赏脸做个证婚人。”

黎琬一脸问号地看向他——大哥，我们有婚礼吗？麻烦你清醒一点好吗？

顾院士笑了笑："证婚没问题。不过给父母敬茶的环节，总不能只敬新娘的爸妈吧？"

孟西垂下眼皮，没有说话。

顾院士继续："上个月，我去苏州老家看过你爸。他还在继续做研究，闲暇时，帮昆曲社吹吹笛子。他挺想你的，三句话不离儿子，要是有空，还是回去看看吧。老师也有孩子，人老了，就盼个团圆。"

"团圆……"孟西低笑，"他有什么资格？"说完，他拉起黎琬就走。

"小西！"顾院士叫住他，眼神慈爱又关切，"十三年了，放过自己吧。"

孟西顿了顿，终究没有说什么，抬腿走出去。他牵着黎琬走在S大的校园，秋风一过，落了满地的蓝花楹。

孟西："顾老师和我爸是同学，也是我的博导。"

黎琬"嗯"了声。

他看向黎琬，犹豫了一阵，才小心翼翼地说："小豌豆，你会不会觉得我特别冷血？"

黎琬停下脚步，目光温柔，像一束暖光将他笼罩。你不是冷漠，你只是有伤口，你只是痛。但这不是你的错。

她凝视他，十分认真道："孟西，你是我见过的最热情、最温柔的人。"

是吗？

孟西垂眸一笑。

他知道，自己并不热情，也并不温柔，他只是把所有的热情和温柔都给了小豌豆。

“对了，你怎么会想要顾院士的签名？”据他所知，小豌豆可能连顾朝林是谁都不知道！

黎琬脸一红，把期刊背在身后，摇了摇头。

“为我要的？”孟西倾身审视她，嘴角带着若有似无的笑意。忽然，他抽走她的期刊，在封面签下自己的名字，“好好保存。以后，这个名字更值钱。”

晚上，黎琬被孟西喂饱才回家。她抱着有孟西签名的期刊在床上滚来滚去，一会儿举起来看半天，一会儿又哈哈哈地傻笑。过了好久，才终于把期刊锁进床头柜的抽屉。那里面，都是她最珍视的东西。

黎琬又做梦了。

春日里，孟王爷带着小豌豆放风筝，夏日带她在莲花池上泛舟，秋日一起登高，冬日一起赏雪。平静温馨，岁月静好。

原来，杀千刀的孟王爷也有可爱的时候。

第二天，黎琬和孟西一起去实验室，刚进校门就听见学生们聊昨天的报告会。

A君：“我昨天根本不是去听报告的，就是想看看孟教授的CP。”

B君：“南希简直是女神本神啊！和孟教授也太配了吧！”

C君：“我现在从孟教授唯粉变成CP粉了，据说顾院士是粉头呢！”

……

孟西看黎琬一眼：“南希一会儿要来实验室。”

黎琬：“哦。”

孟西：“我上午会全程陪她参观，还安排了一个小型研讨会。”

黎琬：“嗯。”

孟西：“心情不好？”

黎琬：“没。”

她一屁股坐在工位上，看都不看孟西。

等孟西进了办公室，黎琬偷偷瞄两眼，赶快溜去卫生间补妆。

出来时，她恰好与南希打了一个照面。

“是你啊。”南希温和一笑，“昨天不好意思啊，我们不知道你和孟西的关系，玩笑开得有点过。你不会生气了吧？”

“我不生气。”黎琬笑得礼貌又大度，只是一边走，一边不动声色地在包里找戒指。她试图单手戴上，显得不那么刻意。

南希：“你没事吧？”

黎琬摇摇头，保持优雅的微笑。

南希觉得她有点奇怪。

实验室门口，孟西领着小组的人欢迎南希博士。黎琬装作没看见，默默朝自己的工位走。

“黎总，”孟西憋笑，拦住她，“一起吧。”

黎琬一愣。

他凑近耳语：“这样放心了吗？”

黎琬白了他一眼：“听不懂你说什么。”

事实上，黎琬确实全程没听懂，基因、靶点、测序……完全是天书，还特别催眠。她有点后悔跟着来了。

午餐的时候，二人请南希吃川菜。黎琬对着餐桌昏昏欲睡，“天书”

的阴影还在脑子里盘旋。

南希觉得她这样挺可爱的，“扑哧”一声：“孟太太，你不用看这么紧。自从昨天知道孟西已婚，我就完全没想法了。我有颜值有智商，何必去抢有妇之夫？”

黎琬尴尬地笑了笑：“我不是这个意思。”

南希：“你要是实在不放心，最好帮我介绍一个男朋友。不瞒你们说，我家也是催得紧，所以当年博士毕业，不都没敢回国吗？我妈说，单身是因为我太优秀了，一般人不敢追。”

黎琬现在才看出来，这自恋程度，就是女版栾鹤立呀！

黎琬：“伯母说得对。”

孟西笑了笑：“我还真有个人选，是小豌豆的朋友。”

黎琬眉头一皱，心道，谁啊？我怎么不知道？

孟西接着说：“一个脑科医生，也是博士。他堂弟是我的学生，据说，他近期会调到北京，你们可以试试。”

黎琬越听越不对，他说的不会是她曾经的相亲对象……甄之年吧？

孟西冲黎琬勾唇一笑，好像在说：一箭双雕。

黎琬呵呵，你可真是个小机灵鬼。

几个月后，他们还真收到了南希和甄之年的婚礼请帖，并邀请他们做证婚人，婚礼的主题是：一生“甄希”。

24.

孟西下午有课，送黎琬到实验室楼下，她就自己上去了。刚出电梯，黎琬猛地吓了一跳。

“实验猿们”整齐站成一排，深深鞠躬，咧嘴一笑，露出一排朝气蓬勃的大白牙：“师母好！”

黎琬被音浪冲得脚步一闪：“你们……认……认错人了……”

小 lo 妹扑上去挽着她进办公室，众人在身后簇拥着。

小 lo 妹：“师姐，不，师母，你别装了，南希老师全告诉我们了。她还说你爱吃醋，让大家帮你盯着孟老师。”

黎琬五官缩在一起，南希这么八卦吗？

KK：“师母你放心，老孟平时那么折磨我们，他要敢欺负你，我们就敢罢工。”

黎琬一慌：“别别别，项目我有股份的。”

柯南：“是心疼老公吧。”

大家哄笑一团。

黎琬扶额：“真不是你们想的那样，我早晚会解释清楚的。”

KK：“解释什么呀，校园论坛把你们的结婚证都贴出来了。”

他掏出手机给黎琬看。

置顶飘红帖写着：惊天大反转！孟男神英年早婚，女方疑是金融大佬？

帖子下面的评论都爆了。

梦里的孟：“去他的西希 CP，这才是官配！悉尼（西黎）CP 冲呀！”

长残的娇花：“这姐姐好像是一家跨国基金公司的法人，果然我等咸鱼是配不上男神的。”

板凳前的瓜子：“这几天的瓜够我吃一学期了。真实性如何？坐等楼主继续扒。”

匿名用户 1：“回复楼上，结婚证是在我姐的银行八卦群里看到的，绝对真实。求别让我掉马甲。”

匿名用户 2：“我去！这姐姐还跟我哥相过亲！同求不掉马甲。”

……

黎琬捧着手机，一脸无奈，果然啊，若要人不知，除非己莫为。

孟西这边也不平静。

他刚走进教室，班长大喊一声：“起立！”

全班同学唰地起身：“孟老师新婚快乐！”

孟西一愣，转而笑了笑。对于 S 大学生的八卦能力，他还是十分佩服的。

“谢谢。”他道，“下节课请你们吃糖。”

大家面面相觑，坐得小心翼翼。讲台上怕不是个假的孟老师吧？老道士什么时候这么和蔼可亲过？传说中的师母是拯救了银河系才能把他改造成这样吧！

有几个同学赶忙朝甄克连使眼色，他刚升任学习委员，现在正好有一项艰巨的任务。

甄克连狗腿地凑到讲台前，替孟西摊开教材，笑出一排大白牙：“孟老师，眼看就要期中考试了，为了庆祝您美妙的婚姻，咱们画个重点呗？”

孟西撑着讲台，看向他：“整本都是。”

全班一片哀号。甄克连无语望天，学习委员的位置坐不稳了啊！

实验室中，柯南因为最早预言黎琬和孟西隐婚，正接受“实验猿们”

的膜拜。他身穿实验服，闭着眼睛，张开双臂：“来吧！把你们的赞美尽情砸向我吧！”

“测序做了吗？”孟西下课回来，停在柯南面前，依旧冷着一张脸。

柯南一抖，周围的“实验猿们”早跑没影了。

他瞬间收敛：“马……马上去。”

孟西：“等等。”他将刚才买的一大盒喜糖递给柯南，“吃了再去。”

“实验猿们”一拥而上：“谢谢孟老师！”

黎琬坐在自己的工位上，脸憋得通红，尴尬得头都不敢抬——大哥，你哪来这么多喜糖啊？天女散花吗？

孟西走过来，手撑在她工位上，笑了笑：“我说过，出门在外，总是要随身携带一些工具，以备不时之需。”

是是是，您都对，您有理。

孟西看向她的右手无名指，皱眉：“怎么又忘了？”

没等她反应，孟西从她包里拿出豌豆钻戒，轻轻戴上，手却一直牵着，舍不得放开。

“实验猿们”一边吃糖一边看他们，不亦乐乎。

黎琬受不了了，反手抓住他的手腕，拖进办公室，关门！

孟西顺手关上百叶窗。

“哇呜——”

“实验猿们”意味深长地高呼，个个坏笑。

黎琬没懂：“他们号什么呢？”

孟西憋笑，耸耸肩。

黎琬：“这下好了，现在全世界都知道了！”

孟西：“所以呢？”

黎琬拉开椅子，正襟危坐：“我们得谈谈。”

“好。”孟西也坐下，笑眯眯地对着她，“孟太太请吩咐。”

黎琬扶额：“隐婚是隐不了了，但总能低调点吧？你以后能不能别准备那么多工具？那个糖……吃多了牙疼！”

孟西觉得她无措的样子特别可爱，逗她道：“可是太低调了，大家是会怀疑的。你别忘了，咱们的贷款还有三分之一没发放呢！一旦让人知道咱们是假结婚，可就前功尽弃了。你、我以及鹤立的努力，全都白费。还有门外那群孩子，你们公司的员工，你忍心吗？”

黎琬看向窗外，心里微微一动。

虽然百叶窗挡住视线，可她依旧能感受到那群孩子对素纱禅衣的热情。每一个在显微镜下连续坐几个小时的孩子，每一个为实验取材熬的夜，她都历历在目。

黎琬转向孟西：“那……你的意思是？”

孟西啪地拉开百叶窗：“进入角色。”

他低头，吻上她手上的豌豆钻戒。

“实验猿们”：“哇——”

黎琬愣住了。她看过偶像剧，这个时候似乎应该……做点什么？各种画面和台词在脑中飞速闪过，她慌忙挑了一句：“老公，班主任说孩子闯祸了。”

黎琬一顿，直想拍死自己。这挑的哪是偶像剧，是狗血家庭剧啊！她赶快喝口水压压惊。

孟西：“好，回头生一个。”

黎琬一口凉水喷他脸上。

他帅气的刘海瞬间耷拉下来，滴着水，有点滑稽。

“啊……对不起啊！”小豌豆手忙脚乱，扯了几张纸巾擦来擦去，又翘着手指去拧他的刘海。

孟西憋笑：“书架上有吹风机。”

“哦哦，对对对。”黎琬愣愣地点头，拿过来插上电，正要递给他，只见他的头已经凑过来。

他挑唇一笑：“谁弄的，谁负责。”

黎琬无奈，只好帮他吹刘海。

孟西倒很乖，坐着就不动了，任由小豌豆拨弄刘海。女人的手指很软，动作很温柔，暖风一过，他享受地闭上眼睛。

两人的距离很近，黎琬红着脸，本来还不太敢看他，可他眼睛一闭，她竟渐渐放肆起来。她的目光在男人脸上流转，他真好看啊！

她的手指有意无意地抚过他的眉骨，好看；睫毛，好看；鼻梁，也好看……她像是魔怔了，呆愣着一动不动。

她反应过来时，刘海吹飞了两根，怎么都压不下来。

黎琬有点尿：“我不是故意的。”

孟西：“熟能生巧，下回就好了。”

黎琬：“……”

她出去后，孟西对着手机镜头照来照去，笑得有点傻气。他没忍住，发了张自拍给栾鹤立。

栾鹤立：“老孟你咋毁容了？你本来就没我的盛世美颜，现在又弄成这样，我还怎么和你做朋友？要不要少爷给你介绍个靠谱的 Tony 老师？”

孟西：“黎琬吹的。”

栾鹤立：“告辞……”

晚上回到家，黎琬想起下午帮孟西吹头发的场景，心就扑通扑通的，久久不能平静。她脑海里播放着慢镜头，还蒙上一层粉红色的滤镜。男人的目光温柔，透过湿漉漉的发丝凝视她。他一笑，她就像中了一枪，枪口还冒着粉红色的烟！

黎琬撞向枕头，不会真进入角色了吧？她陷在枕头里蹭了两下，拨通夏美玟的视频。

夏美玟：“哟！这位已婚妇女，您老还记得起我呢！”

她正一边悠闲地躺在沙漠上看星星，一边吃着葡萄喝着小酒，身后是露营的帐篷。

黎琬：“玟姐，剧本的走向好像不对。”

她深吸一口气，把最近发生的事都跟夏美玟说了一遍。

“你等等。”夏美玟抬手制止，淡定地喝一口酒，接着发出响彻天际的狂笑，“哈哈哈！你是要笑死我好继承我的信用卡吗？”

黎琬无语：“跟你说正经的！”

夏美玟：“姐早就说过，孟西就是喜欢你，你还不信！”

黎琬：“可那是假的啊！”

求婚是假的，结婚证是假的，回娘家是假的，就连在南希面前秀恩爱，替他吹刘海，也全是为了圆谎……黎琬心里一酸，说不清什么感觉，但就是特别难受。

夏美玟低头笑了笑，没有说话。

她总算看出来了，黎琬纠结的点根本就不是什么剧本走向，只是在害怕，怕一切都是假的，怕贷款发放完的那一刻，一切都会化为泡沫，一丝痕迹都不留。然后，孟西又成了她的邻居，普通的邻居。

但这些话，不该她夏美玟来说。

黎琬是个慢热又敏感的人，看起来温柔随和，却对这个世界有种本能的疏离。她的心扉关闭太久了，终究要靠她自己打开。

“琬琬，你像是在沙漠中困了很久的人。你有社交恐惧，没什么朋友，从出生到现在都是按部就班，你甚至不知道真心爱一个人到底是什么样子。你扪心自问，和章宵那几年，真的是爱情吗？”

黎琬沉默了。

夏美玟接着说：“爱情不是你低头走在沙漠里，渴望续命时的那一滴水。而是你遇到一个人，让你愿意抬起头。那时你会发现，沙漠之上，原来还有浩瀚星辰。”

她调转手机镜头，对准星空。

繁星漫天，铺满了黑夜。每一颗星星都是绝美的钻石，点点闪烁，无边无际。

而星空之下，沙漠终将变为绿洲。

很久之后，黎琬和孟西去沙漠看星星。她仰望漫漫星空，将这番话告诉了孟西。孟西没有说话，也不看星星，只是目不转睛地看着她。

小豌豆，星辰将永恒为你闪耀，只要你愿意抬头。

25.

C市进入了深秋。黎琬裹着大衣站在窗前，呵一口气，凝成细细的

白雾。夏美玟的话，她没有再去深究，有些事情想不通的时候，不如先放一放，说不准什么时候就柳暗花明了。

孟西隔着玻璃墙看她，表情十分纠结，有一句话，不知当讲不当讲。

就在十分钟前，他接到了远房小姑姑孟采采的电话。说是小姑姑，其实也就是个大三的小屁孩，小时候成天跟在他屁股后面摆长辈架子。

孟采采："大侄子，听说你把你家对门的房子买下来了，我来蹭住几天呗！"

孟西拧眉："你不上课吗？"

孟采采："小姑姑我的草木染作品不是获了国际大奖嘛，受S大纺织服装学院邀请，来交流访问一周。我刚下飞机，你快回家恭候吧！对了——"

孟采采坏笑两声："我的侄媳妇也要在哦！"

孟西："……"

这才是你的真实目的吧。

他捏了捏鼻梁，还是敲一下玻璃墙，朝黎琬打了个进来的手势。

黎琬进去，看他的表情，还以为实验出了大问题。

她试探道："出事了？"

孟西点了下头。

黎琬一瞬心揪紧。

"小豌豆，"孟西十指紧握，嘴角绷成一条线，"你介意搬过来吗？"

黎琬松一口气，还以为贷款白烧了，原来……等等！他说什么？搬过去？那岂不是……同居！

刚放下的心又瞬间提起，黎琬觉得，自己要是哪天得了心脏病，一定是孟西害的。

孟西也有点难为情，毕竟这样的进度，是谁都没想到的。他将孟采采的事仔细说了一遍，生怕吓着小豌豆。

“就是这样。”他说，“按照我们的对外说辞，对门的房子是闲置状态，我好像没有理由不让她来。”

黎琬皱眉，最后一笔贷款近期就会发放下来，这种时候，可千万不能让人知道他们是假夫妻啊！

她噌地起立，一把抓住孟西的手腕。

孟西一愣：“小豌豆……”

黎琬：“没时间了！她不是快到了吗？”

孟西：“所以你……同意了？”

黎琬：“不是你说的，要进入角色吗？”

女人的神情很认真，一副公事公办的模样，好像完全没想过跟一个单身近三十年的男人同居有什么危险。

“这么听话啊。”孟西反手把女人的手掌按住，上半身越过办公桌，吐气耳语，“还是说……你本来就想搬过来？”

男人似笑非笑，脸与脸的距离不过咫尺。黎琬僵住，脸色绯红。

孟西垂眸一笑，松开她，转身取下架子上的围巾给她裹上。

羊毛围巾很软很暖，带着一点孟西的气息，黎琬像陷在棉花糖里。

他牵起她的手，揣进自己的大衣口袋：“走吧，孟太太。”

“去……去哪儿？”

“新房。”

黎琬心一跳，只想找个地缝钻进去。刚才明明是自己急得拖人家搬家，居然还问孟西去哪儿！这回不仅智商下线，连记性也没了！孟西真的有毒吧？

一回到家，黎琬就手忙脚乱地朝对门扔东西，生怕留下一丝自己的痕迹。

孟西手臂挂满了她的衣服，看小豌豆滚来滚去，忍不住笑道：“日常要用的搬过去就行了。”

“不行！万一你小姑姑怀疑呢？”说完她又扔一条裙子给孟西。

孟西接住：“本来我们结婚也没多久，这套房子又不急着租又不急着卖，没搬完很正常。如果全搬空了，才是此地无银三百两吧。”

黎琬一顿，好像是这个道理。

“所以，这种东西也不需要。”孟西钩起手臂上的粉红比基尼，憋笑，“除非，你想穿给我看。”

黎琬一把扯下背在身后，小脸像烧红的炭火。

两人又收拾一阵，门铃忽然响了。门禁视频显示出楼下的孟采采，正兴奋地朝他们打招呼。孟西替她点开电梯，将黎琬往怀中一搂，笑道：“现在开始，全天无 NG 喽。”

孟采采是个活泼的文艺青年，染织专业大学生，从大一开始就研究草木染。她身上的毛衣、长裙、围巾，全是她自己染的，还给黎琬带了一条她用茜草染的羊毛围巾。

黎琬：“好漂亮啊，你真的好厉害。”

孟采采笑道：“你喜欢就好，我果然没问错人。”

黎琬一愣，转头看向孟西。

孟西一脸无辜。

孟采采："不是他。这种理工直男有什么审美，是玟姐告诉我的。"

什么？夏美玟！姑娘您还认识她呢！

黎琬转念一想，一个做传统染织的，一个做国风服装设计的，要说不认识才奇怪吧。

孟采采接着说："这间屋子空出来了也是她告诉我的。她说我一个女孩子在外面不安全，还是和亲戚住一起比较好。侄媳妇，玟姐是不是特别贴心？真羡慕你有这样的闺蜜。"

羡慕个头啊！

黎琬呵呵，行，破案了！

晚上，安顿好孟采采后，趁着孟西去洗澡，黎琬窝在沙发上悄悄地给夏美玟打电话。

夏美玟："看来，某人的小豌豆已经搬进新家了。"

黎琬："夏美玟，你也别做设计了，改行当导演吧！我都不知道怎么跟孟西解释。"

夏美玟一脸恨铁不成钢："解释什么，直接上啊！"

黎琬："上你个头！你明知道我们是假结婚！"

"那可不一定。"夏美玟翻了个作天作地的白眼，啪地挂断电话。

她勾起嘴角，小琬琬，姐只能帮你到这里了，好好享受你的二人世界吧。

"和谁打电话呢？"孟西刚洗完澡，一边擦头发，一边走过来，扫了屏幕一眼，"夏美玟？"

黎琬吓得一弹，忙把手机藏在身后，摇了摇头。

孟西憋笑，越过沙发靠背凝视她："有个问题我一直没想明白，想请教一下小豌豆。”

“你……你说……”

“孟采采受夏美玟指使，那夏美玟是受谁指使啊？”

男人半眯着眼，眼神玩味，刚洗过澡，他周身散发着氤氲的水汽，还有那微喘的，拂面而过的呼吸。

黎琬僵住不敢动，心跳跟随他的呼吸起伏，不敢多一分，也不敢少一分，生怕一不小心就被人抓个正着。

“小豌豆，你说是谁呢？”孟西逼近。

“我……我怎么知道……”黎琬下意识地向后仰，忽然重心不稳，咚地倒在沙发上。

孟西轻笑：“这个姿势，又是什么意思？”

黎琬咽了咽喉头，一个翻身摔下沙发，抱起衣服就往浴室冲。她身后传来孟西憋不住的笑声。

黎琬打开花洒，整个人被水包围，心里已经将夏美玟翻来覆去骂了几百遍。她都不敢想自己现在在孟西心中是什么形象！心机女？怪阿姨？伪装成小白兔的大灰狼？

黎琬甩甩头，迅速洗完。出去时，孟西已经躺在床上，正看一本哲学书。她顿在门口，拖着脚步不敢进去。

孟西：“打算站一夜？”

黎琬摇摇头：“你有多的被子和枕头吗？我睡沙发就好。”

孟西合上书，目光慢悠悠地移向她：“这床不舒服吗？”

他笑了笑：“上回不是睡得挺沉？”

黎琬只想撞墙，上回脸都丢到姥姥家了好吗？简直就是她的中二巅峰，没有之一！

“还是说，不想跟我睡？”孟西道。

大哥，不然呢？

“可也不是第一次了啊。”孟西偏了偏头，“上来。”

黎琬咬牙，算了，盖大衣吧！她转身就要走。

孟西不知何时下的床，一把拽住她，另一只手抱着枕头和被褥。

“逗你的，我睡沙发。”他揉揉小豌豆的短发，微微一笑，替她轻轻合上门，“晚安。”

隔着门，男人的低音更加温柔，轻飘飘的，软绵绵的，似乎在整个房间回旋。黎琬终于明白，什么叫绕梁三日。

对门，孟采采窝在黎琬的被窝里，给孟家微信群发汇报消息。才建群的时候，孟采采还拉过孟西进群，可孟西一看到父亲也在，一句话也没说，直接秒退，后来再没亲戚敢拉他了。

孟采采：“黎琬小姐姐很漂亮的，性格也好，孟西怕是拯救了银河系！”

大姨：“上图。”

孟采采很听话地传了几张她偷拍的照片。

二叔：“孟西这小子平时闷声不响，居然还会谈恋爱，不错不错！”

三叔：“采采，跟孟西说，不许欺负人家！”

孟采采：“三哥您老可放心吧！他们好得跟一个人似的，你是没看到，孟西那温柔劲儿，简直不像他。”

孟爸爸是家庭群中唯一没有发言的。他知道，小西不想见他，关于小西的事，他说什么都是错，都会破坏氛围。

台灯暗幽幽的，半照着孟爸爸疲惫的脸。桌面是摊开的生物学文献，正在看的论文，出自孟西之手，孟爸爸做了密密麻麻的笔记。他摘下老花眼镜，捏了捏鼻梁，点开孟采采的私聊对话框。

孟爸爸：“小西还好吗？照片上，他好像有黑眼圈。”

孟采采一愣，忽然有点心酸。当年的事她也清楚，她理解孟西，同样也心疼大哥。每年春节，兄弟姊妹都带着儿女，只有大哥，十三年来，一直孤身一人。春节，在别人眼里是团圆，而于大哥，不过是更深的孤独。

孟采采回复：“您放心吧。他们最近挺忙的，有个什么素纱禅衣的研究项目，听上去很厉害，嘿嘿。”

孟爸爸看了眼自己的笔记，回复：“我这边有些资料，不知道对他有没有帮助，你帮我给他吧。不过……别提我。”

孟爸爸没再说别的，只是默默起身，整理资料。这么多年，他还是更习惯用手写，但他丝毫不担心孟西会认出来。

孟爸爸自嘲一笑，十三年，小西可能连他这个爸爸的模样都忘了吧！何况笔迹呢？

26.

深秋的阳光洒进落地窗，黎琬在孟西的被窝里蹭了蹭。男人的被窝很好闻，有一点青草的气息。她伸了个懒腰，才慢慢起床。

门口响起敲门声。

孟西：“小豌豆，起床吃早饭了。”

黎琬囫囵应了声，就去洗漱。刷着刷着牙，她看向镜子中的浴帘，忽然觉得有什么不对。

等等！

昨晚洗完澡后，她把洗过的内衣内裤都晾在浴室，想着阳台晾的都是孟西的衣服，未免尴尬。她还把浴帘合上，以作遮挡。

可是，现在浴帘大开，后面空空如也。

黎琬僵住，牙杯牙刷啪地掉在水池里，牙刷还弹了两下。家里不会遭贼了吧？还是变态的那种！

“小豌豆！”孟西闻声跑来，“怎么了？”

黎琬缓缓转过头，呆呆傻傻的，嘴上沾满了泡沫，像长了蓬松的白胡子。

“你在装圣诞老人吗？”孟西憋笑，顺手扯下毛巾给她擦嘴。

“我，我自己来。”黎琬一边擦嘴，一边忍不住朝浴帘后面瞟，却又不知道该怎么问出口。明明她也没做错事，到底在心虚什么啊？

孟西顺着她的目光看去：“哦，衣服我晾阳台去了。”

什么？

“咳，咳咳……”黎琬呛了一口泡沫。

孟西拍拍她的背：“浴室本来就潮湿，根本晾不干。”

“可是……”

可是那是内衣啊，大哥！我是个女的啊！

孟西：“你在害羞？”

黎琬：“……”

是个人都会害羞的好吗？

“在老公面前害什么羞？粉色挺好看的。”孟西轻笑，揉揉她凌乱的短发，“快点洗漱，吃饭了。”

在黎琬还没反应过来的时候，孟西已经出去了。黎琬发现，每回说这种话的时候，他总是不给她反驳的机会。还粉红色！不就是欺负她反应慢吗？高智商了不起呀？

嗯……好像是挺了不起的。

吃早饭的时候，孟采采也来了。今天是咖啡加油条，自从黎琬在孟西的办公室里吃过一回，她就爱上了这种搭配。

孟采采却皱紧眉头："这是什么黑暗料理？你想毒死你小姑姑吗？"

"爱吃不吃。"孟西"嘁"一声，油条蘸了咖啡，凑到黎琬嘴边，"张嘴。"

黎琬有点不好意思。孟西只微微一笑，好像在说：外人在，快进入角色。

旁边的孟采采双手托腮，一副看言情小说的表情，恨不得伸手按头：甜！给我甜！必须甜！

黎琬尴尬地扯扯嘴角，迅速咬下一口。

"咳，咳咳……"咬得有点大，她灌了一大口咖啡才咽下去。

一大早她就呛了两次，都是因为孟西这个罪魁祸首！

"罪魁祸首"倒没什么羞耻感，只是宠溺一笑，替她抚背："慢点吃，又没人跟你抢。"

孟采采看得不亦乐乎，忽然朝孟西举起咖啡杯："再来一杯，不加糖。"

"你平时不是都要全糖吗？"

"不需要，"她朝二人挑眉一笑，"你们太甜了。"

黎琬："……"

孟西："……"

孟采采："哎！什么时候轮到我甜啊？"

孟西："你不是有男朋友吗？"

孟西想起她在朋友圈上，天天吹令展的彩虹屁，莫名一阵恶寒。

"还没追到呢！不过令展那么优秀，多费些劲儿也是应该的。"孟采采一脸骄傲，"其实，我这回来还有个目的，就是向你们已婚人士学习。我要总结经验，提升自我，整装再出发！"

黎琬有点哭笑不得。

我们真敢教，你就真敢学啊？想结婚很简单，姑娘，你只需要一笔贷款。

孟采采："今天是周末，你们应该有约会吧？我能围观吗？你们放心，我保证比空气还透明！"

在孟采采的软磨硬泡下，他们终于答应去游乐园。

按照孟采采的说法，游乐园是每部偶像剧必有的剧情，肯定可以触发特别多甜蜜的事，她可以好好学习。她描述了一个充满粉红泡泡的世界，连黎琬都有点期待了。

可现实是……黎琬和孟西被各种排队折腾得精疲力竭，孟采采却玩嗨了，一会儿跳楼机，一会儿过山车，和她文艺女青年的打扮简直不符。

黎琬实在走不动了，挂在孟西身上，找了个地方坐着。

黎琬："我现在才发现，游乐园根本就不是约会胜地，而是'带娃'胜地。"

他们一对夫妻一个娃，简直不要太像！

孟西给小豌豆开了瓶水，揉揉她的小脑袋，又说："你觉不觉得，孟采采有点不对劲。”

黎琬一愣，看向正在海盗船上的孟采采，一开始不觉得，现在孟西一说，还真有点。

她活泼过头了！

正常人玩一天下来也会累吧，她却跟个没事人一样，永远意犹未尽。

孟西：“而且她从小就恐高。”

今天孟采采不仅坐了跳楼机，现在还正坐在海盗船的边角位置。

黎琬：“她是不是受什么刺激了？”

比如你今早秀恩爱太过分。

孟西思索一阵，拨通一个电话：“令展，是我。你是不是跟孟采采说什么了？她现在在游乐园，专挑高空项目玩。定位发你了，你要是真不喜欢她，也麻烦跟她说清楚。”

不等对方说话，孟西就啪地挂断电话。

没过多久，游乐园门口出现一位一身黑的年轻男人。更特别的是，他戴着墨镜，手握一根盲人拐杖，身后跟着两位助理。

黎琬万万没想到，这就是令展。

孟采采是被令展的助理带过来的。她刚下海盗船就吐得昏天黑地，现在吃了令展带来的药，总算好点。

令展冷着脸道：“有意思吗？”

“有啊！”孟采采笑了笑，“你不是说你喜欢活泼的吗？不是说我恐高很麻烦吗？那你看我现在是不是特别活泼？我也不恐高了，刚才还坐了跳楼机呢！你要不信，我再坐一遍！还有海盗船，还有……”

“够了。”令展打断，紧紧握住拐杖，指节绷得发白，“不论你再坐多少遍，我都看不见。”

永远……看不见世界，也看不见她。

“我不在意！”

“可我在意。”

令展叹了口气，转身就走，没有半刻停顿。

孟采采呆愣愣地站着，看着他的背影渐行渐远。就像从前，每一次他转身而去，从来不会回头。但即使他回头，也看不见，女孩子早已泪流满面。

晚上，黎琬不放心孟采采一个人，和孟西商量了一下，就过去陪她睡。没有男人在场，有些话总是好说出口一些。

孟采采往被窝里缩了缩：“其实你们不用担心我，令展这样做，也不是第一次了。我都习惯了。”

她冲黎琬笑了笑，眉眼之间却还是难掩失落。

黎琬有些心疼，一时之间也不知道该说些什么。

孟采采接着说：“我们是在山上认识的。我在采一些可以做染料的草，后来迷路了，不小心闯进了令展在半山腰的香道工作室。是不是挺戏剧化的？他是一个古法调香师天才，虽然看不见，但嗅觉极其敏锐。你看过《闻香识女人》吗？”

黎琬点点头。

“就是那样。他可以通过气味分辨每一个人，每一件东西。他真是个天才！”孟采采的眼睛里充满了崇拜，又有点甜蜜，“他曾经说，我们是气味相投的。”

“可当我想再进一步时，他一把就把我推开了。然后锁上自己的心，谁也不能碰。”她垂下眼睛，“可是黎琬，我不怪他，真的！他的脆弱敏感我都明白，我也不在意他的眼睛，可他为什么就是不信呢？”

孟采采越说越委屈，红红的眼睛在枕头上蹭了蹭。

“令展说，我现在只是觉得新鲜有趣，可对着一个盲人十年、二十年呢？他说，我总有一天会意识到，他是个麻烦。可这些我都想过了！再麻烦，我也想爱他啊！他为什么连试一试都不肯呢？”

黎琬无法回答。

她看得出来，令展对孟采采也爱得深沉，不然不可能匆匆而来，还记得带药。只是他太自负，又太自卑，两种极端情绪交织在一起，锁住了自己的心。

爱情啊，就像突变的基因，总是长着千奇百怪的样子。

孟采采哭着哭着就睡着了。黎琬替她盖好被子，披了件外套去阳台。

“你也没睡？”旁边的阳台上，孟西也披了件大衣站着。

“嗯，睡不着。”

“是想念我的床吗？”孟西笑了笑。还是想念我？

月光下，男人的微笑很暖，很干净。微光洒在他的脸上，轮廓俊朗又温柔。她该想念吗？一位热心的邻居、结婚证上的丈夫……还是说，孟西在她心里，已远不止如此？

“孟西，”她说，“我有点饿。”

孟西温柔一笑：“过来吧。”

他煮了两碗汤圆，陪小豌豆一起吃。

黎琬咬了一口，还有点烫，她张着嘴，手掌扇了扇：“大晚上吃甜食真罪恶！孟西，你怎么这么喜欢吃汤圆？”

“它能救命的。”

“啊？”

孟西垂下眸子，缓缓吃一口汤圆，黑芝麻馅甜甜的，和她一起吃，像极了当年的味道。

“小豌豆，”他说，“其实，我今天挺感慨的。很多年前，我和令展一样，也筑了高高的心墙。但我比他幸运，有人更早地攻城略地。”

从此心墙崩塌，蜜糖滋长，开出漫山遍野的花。

“谁啊？”黎琬一下握紧勺子。

“秘密。”

27.

第二天，孟采采醒来，发现黎琬不在身边，忽然觉得特别扎心。就像小时候，她缠着妈妈陪她睡觉，妈妈表面是答应了，可等她一睡着，就轻手轻脚溜去主卧，投入爸爸的怀抱。

吃早饭的时候，她冷眼看着对面的小夫妻，白眼都快翻到天上去了。

“嘿！对面的恩爱夫妻，麻烦有点同情心好吗？”她看向黎琬，“你不是说陪我吗？怎么中途还溜了？老实交代，你们昨晚是不是干了什么见不得人的事？”

黎琬：“……”

孟西：“小孩子好好学习，少打听大人的事！”

孟采采：“你才小孩子呢！我是你姑姑！”

孟西懒得理她，又说：“怎么样，令展还要继续追吗？昨天虐得爽吗？”

“当然要追！”孟采采一把拍下筷子，“他又不是真不喜欢我。反正，令展虐我千百遍，我待令展如初恋。我就缠着他，不信他还能报警抓我！”

黎琬：“我现在才反应过来，你来S大交流，不会是为了见令展吧？”

孟采采理所当然地点头：“他在这边出差，正好喽。黎琬，我和他是不是特别有缘分？”

黎琬笑了笑，心中感叹，姑娘你厉害。

孟西看孟采采这花痴样子，无奈地摇头：“你最好现在回去换身衣服，打扮一下，不然我怕你待会儿会后悔。”

孟采采一脸问号。

这时，门铃突然响了。

令展依旧一身黑，冷着脸站在门口，一句话也不说。黎琬扶额，这样子哪像来接女朋友，简直像奔丧。

孟采采蒙了。

真是令展吗？太不真实了！不会是找的演员吧？她手掌在令展眼前晃了晃，确定这位“演员”是不是真的看不见。

令展无语：“别晃了，是我。”

傻姑娘，你的手也有你的味道。

孟西凑到孟采采耳边，低声说：“我昨晚跟他说，你今天又打算去坐跳楼机。没想到，这小子还真来了。”

孟采采只觉心跳骤停，深吸了几口气，抓住孟西：“大恩不言谢。”说完，挽着令展就要走。

黎琬都看傻了：“采采，你不一起去学校了？”

孟采采挥手：“我都有令展了，谁还跟你们玩啊？”

黎琬：“……”

孩子长大了，嫌弃爹妈了。

孟西也摇摇头：“小白眼狼。”

不仅如此，最近几天，孟采采除了上学蹭车，还经常带着令展来蹭饭。这位未来“小姑父”，除了拥有超乎常人的嗅觉，还有非人的味觉……和毒舌。

令展：“这盘西蓝花，如果少放 0.1 克食用油，会更完美。”

孟采采：“大侄子，听到了吗？下回注意啊。”

孟西黑着脸：“你俩要是不想吃，现在就给我滚。”

黎琬笑着劝和：“都是说着玩，吃饭吃饭。”

……

这种状态持续了好多天，一个毒舌、一个帮凶、一个臭脸，一个和事佬，原本平静的二人生活，被搅得鸡飞狗跳。

好在小姑姑和小姑父明天就要走了。

临走前夜，孟采采交给黎琬一个文件袋。

“这是孟西他爸给他的，都是些研究资料。你也知道，他们关系不太好，最好不要告诉他来源。也最好……”她抱歉地笑了笑，“不要把我供出来。”

万一孟西发现，她就死定了。但黎琬不一样，是孟西捧在心尖上的人，一句重话都舍不得说的。

当晚，黎琬和孟西坐在阳台喝茶看星星，顺手把文件袋给了他。

孟西一打开，手顿了顿，神色有些动容。父亲的笔迹他的确记不清了，就连父亲的长相都有点模糊。可有些符号，是父亲的特有写法。父亲曾握着他的小手，一笔一画地教，渐渐地，也成了他的习惯。

他很快收敛了神色，将文件袋收好："知道了。"

黎琬点了点头，心照不宣。

她从来没想过瞒着孟西，也没有必要。很多事情，人们总以为能瞒得滴水不漏，其实不过是掩耳盗铃。

孟西说过，他与世界的心墙，曾被一个秘密的人打破；可父子之间的心墙，又该由谁来打破呢？黎琬不知道。但孟西的伤口太深，太长，需要治愈时间。

她看向孟西，忽然很想抱住他，然后告诉他，没关系，有些伤口不想碰，我们就不碰，没有人会指责你，这一切都不是你的错。

"小豌豆，谢谢。"

孟西凝视着她，微微一笑，手指拨了拨她的额发。男人的眼睛很好看，倒映着星辰，像沙漠里的漫天星海。只要她一抬头，就可以看见的星海。

男人的身子倾过来，慢慢靠近。他想，这一步或许早就该跨出去了。从前他没有资格，没有立场，但现在，他想一辈子守护着小豌豆。

他单手捧着她的脸："小豌豆，我们……"

"叮咚！"

短信的声音打断了孟西的动作。

黎琬的脸早就憋得通红。她被铃声吓了一跳，忙低下头，遮掩似的看短信。

她点了半天终于点开，是银行的消息："您的贷款已全额发放，请查收，祝您生活愉快。”

看上去是件好事……可黎琬一点也笑不出来，勉强挤出来的，也只能是苦笑。

她把手机推到孟西面前：“看来，该离婚了。”

孟西看着屏幕，沉默一阵，才说：“等孟采采走了再说吧。”

黎琬点了点头。

这一夜，她睡得很不踏实。男人被窝里的青草气息依旧好闻，可已经不再能让她安眠，反而是深深的焦虑。好像四周都是孟西的影子，挥之不去。

第二天起床，一切如常，只是孟西感冒了。

黎琬有点担心：“有点发烧啊，去医院吧，要不我留下照顾你？”

孟西没有说话，只是坐在餐桌前，若有所思地看着小豌豆。昨天还口口声声说离婚，今天就关心则乱了？

黎琬有点慌。她突然意识到，好像不该这么关心孟西了，他们连名义上的婚姻关系都快解除了，演绎的角色也该杀青了。

黎琬低头：“我，我上班去了。”

孟西：“孟采采一会儿就走了。”

黎琬一顿，点了点头：“好，我晚上来搬东西。”

事实上，搬了东西也没有更好受。

黎琬看着衣柜里的裙子，脑中浮现的是它们在孟西衣柜里的样子。它们和孟西的衣服挂在一起，怎么就毫无违和感呢？

还有今天买宵夜回来的时候，她下意识就要去开孟西的门，还好及时收住。这个“闲人免进”的指纹，以后怕是不能再用了。他会有女朋友，会有新的妻子，人家知道这个指纹该多糟心啊！

她记得在学校听人八卦过，要不是孟西已经结婚了，校长都想把自己的女儿介绍给他。果然，他马上就会有女朋友的吧！

黎琬越想越心烦，先在《天杀的孟王爷》里把孟王爷骂了一通，再给夏美玟打电话。

“琬琬！”夏美玟吓了一跳。

黎琬皱眉：“你这是什么反应？”

夏美玟：“没有没有，你好久没联系我了，我激动！激动！”

黎琬隔屏白她一眼，说话有气无力的：“玟姐，你情感经历比较丰富，我咨询你一个问题呗。为什么我离个假婚，却弄得像真失恋一样？”

夏美玟猛呛了两声，捂住自己的嘴才强忍着不笑出声。

“你说说症状。”

黎琬：“难受，花式难受。我是不是入戏太深走不出来了啊？可我又不是演员，为什么要遭这份罪？”

夏美玟：“为了你的股份呗，富婆。坦白说，你是不是爱上孟西了？”

黎琬一愣，憋红了脸没有说话。好一阵，她才支支吾吾：“可我已经约了他明天去办离婚手续，他……也没拒绝啊。”

“你别管他，现在是问你！你自己想不想离？”夏美玟脾气急，说得都快冒火了。

黎琬叹了口气，声音像蚊子哼哼：“不想。”

可架不住人家想啊。

“我跟你说，其实……”

夏美玟还没说完，电话就被旁边的孟西挂断。

“怕你说漏嘴。”

夏美玟一下捂住嘴，猛打几下：“对对对，差点就说漏了。我说孟教授，你要表白也快点啊，我真怕明天你表白之前黎琬又给我打电话，万一我没忍住可怎么办？我可是为了见证这一刻专门赶回来，可不能被我自己毁了啊！”

视频上的栾鹤立插嘴：“你把黎琬拉黑不就好了。”

“拉黑你好不好啊？”夏美玟白他一眼，“你也是有病。我过来帮孟教授布置表白现场，你开什么视频，当监工吗？”

孟西：“我开的。孤男寡女共处一室，不好。”

夏美玟差点一口水喷他脸上，您老对琬琬还真是守身如玉啊！

栾鹤立补刀：“我倒不怕老孟绿我。主要是你，长期沉迷美色，又容易把持不住。每回你聘用男模，我就感觉我头上一片青青草原。”

夏美玟：“关你什么事，我又不是你谁！”

栾鹤立：“早晚都是。”

夏美玟：“你哪儿来的自信？”

栾鹤立：“少爷天生自信。”

孟西揉了揉太阳穴，有点后悔请夏美玟来帮忙了，根本就是请了两个人来吵架。他忍着怒火，礼貌地赶走夏美玟，又挂了栾鹤立的视频。

一切还是自己动手吧。

小豌豆，我在你身后走了十三年。而这一回，但愿执子之手，未来岁月，并肩而行。

28.

黎琬纠结了一晚上没睡好，早上起床的时候还挂着两个黑眼圈，整个人没精打采的，像个游魂。

她走到门口，正准备去孟西家吃早饭，忽然又顿住。从今天起，这些习惯都该改改了。她叹了口气，去翻自己的冰箱，这才惊觉，原来自己长期靠孟西喂养，冰箱里竟然什么都没有。

微信忽然响了，是孟西。

黎琬一下握紧手机，难道他还是为自己做了早饭？难道他也改不掉这些习惯？她兴奋地点开，却陡然愣住。

孟西："我身份证放在实验室了，可以帮我取一下吗？我感冒了，想多睡会儿，等你回来就去民政局。"

只是这样啊……

果然，假戏真做的只有她一个啊。

黎琬垂下眼皮，心里噌噌泛酸，只能有气无力地打字："好。"

此时，孟西正望着满屋的向日葵，微微勾起嘴角。

他从猫眼里确定小豌豆已经下了电梯，就开始进行表白流程的最后一次模拟。

为了这场等待十三年的表白，他还专门请物理学院和计算机学院的教授帮忙改装了一套智能系统。只要小豌豆一推开门，就会触发装置。

最初，屋子一片黑暗，推开门，天花板就会渐渐亮起漫天星海。星光微微闪烁，满屋的向日葵隐藏在黑暗之中。

同时，音响播放他翻唱的《我只在乎你》。

接着，星空就像迎来破晓一般，越来越亮。朝阳东升，向日葵逐渐清晰，满满一屋簇拥着小豌豆。就像她曾经带他走出黑夜，带来的光明。

孟西还将用全息投影打出这些年他对小豌豆的关注，一些扫描照片，一些文字。他要让她知道，自己一直都在，并且会永远在。

最后，他从向日葵中走来，向小豌豆一诉衷情。

整个流程演示完，他又检查了一下系统，确定没问题，就准备去学校接小豌豆了。他平复了一下激动的心情，有点迫不及待看到小豌豆的反应了。

手机忽然弹出夏美玟的语音："孟教授，你怎么还没来？你那边调试好了吗？琬琬已经进实验楼了，我怕她马上就回去了。"

孟西："路上。盯紧她。"

夏美玟把手机揣在大衣兜里，搓了搓手，又跺了跺脚。

C市的深秋真是太冷了，亏她在寒风凛冽的校门口站了这么久，真是中国好闺蜜！中国好助攻！她都快被自己感动哭了！她盘算着，今天过后，一定要坑他们点东西当作补偿。比如，让琬琬再给她换一部手机，听说出新款了。

她越想越觉得美滋滋，好像也没那么冷了。

黎琬进了实验楼，在电梯周围溜达了几圈。电梯已经好几次上下，她却始终没有进去。她犹豫了一阵，还是从后门溜了，在实验室附近无聊地打转。

她现在确信了，自己一点都不想去拿孟西的身份证。

孟西一天没拿到身份证，就一天办不了离婚吧？要不她就跟孟西说没找到？或者直接说弄丢了？总之，在她没想好怎么跟孟西摊牌之前，能拖一阵是一阵。

黎琬很少这样耍无赖。从前跟章宵在一起的时候，她永远都是理智的、聪明的、不服输的。可那不是爱情啊！

爱情，至纯至真，本来不就是让人放下那些没必要的理智、没必要的聪明吗？

孟西到学校时，夏美玟已经冻得不行了。

她撑着柱子："快去快去，我一直盯着呢，还在里面。"

孟西道了声谢，抬步就走。

忽然，"轰"一声巨响！

实验楼炸开漫天火光，浓郁的黑烟一瞬喷涌，灰尘像下雨一样飘落。周围的人都在灰尘雨里疯狂乱窜，纷乱的尖叫充斥着耳朵。

附近的地面也跟着颤抖，孟西踉跄几步，心里"咯噔"一声，撒腿就冲进火场。

"孟教授！"夏美玟来不及阻止，灰尘呛得她一阵眩晕。

这片火光，孟西太熟悉了。它鲜艳、浓烈，像极了妈妈的连衣裙，就那样转啊转，就那样烧啊烧，一点点烧光人的生命。

小豌豆，不要，不要……

孟西疯狂地在火场里狂奔，眼睛都瞪红了，浑身青筋暴起，一间一间踹开屋子，一声一声地嘶吼：

"小豌豆！

"小豌豆！

"小豌豆！"

……

男人声嘶力竭，嗓子冒烟，却没有得到丝毫回应。

火势越来越大，下脚的地方越来越小，天花板不停地坠落东西，什么都有，瓷砖、电灯、玻璃、粉尘……更不要说黑烟弥漫，越来越稀薄的空气。

孟西用围巾捂住口鼻，浑身都被汗湿透了，额角是大颗的汗珠，越来越喘不过气。他靠在墙角，用最后的力气扶着墙挪步，不停地用虚弱的声音喊：

“小豌豆……

“小豌豆……

“小……豌豆……”

“啪”的一声，头顶的水晶灯猛地砸向他的小腿，男人重心不稳，朝前一扑，眼前越来越模糊。

黎琬看着实验楼的大火，踉踉跄跄绕到前门。这里已经拉上了黄色的消防警戒线，她只见夏美玟呆坐在地上，整个人都在颤抖。

黎琬忙去扶起她：“玟姐，你怎么在这里？”

夏美玟闻声一惊，看着她半天说不出话，嘴唇抖了好久，才挤出声音：“你……你没……没在里面？”

黎琬没太听懂。

“琬琬，”夏美玟一把抓住她，“孟西他……他……”

“他怎么了？”

“他……他进去救你了……”

黎琬脑中“轰隆”一声，霎时一片空白。什么？孟西怎么会在里面？不是说好在家等她吗？为什么说话不算话呢？

孟西……不要……千万不要……

黎琬来不及多想，蹿起来就往火场跑。

消防员一把拦住：“女士，我们的同事正在搜救，请您少安毋躁，配合我们的工作。”

她知道，自己冲进去也无济于事，甚至可能帮倒忙。可她忍不住啊！真的忍不住！

黎琬攥紧自己的拳头，浑身发抖，此时此刻，只有痛觉才能让她稍稍保持一点清醒。

消防员陆续抬着伤员出来。每抬出一个，黎琬都迫不及待地冲上去确认，可千帆过尽，连孟西的影子都见不到。她最怕的，就是看见盖着白布的担架，一旦确认不是孟西，她才能稍稍松口气。

消防员的对讲机里发出声音：“未再发现生命迹象，申请搜救完毕。”

不是啊！不是啊！

外面的消防员正要回话，黎琬一把抢过对讲机，带着哭腔大喊：“还有的！还有的！孟西还在里面！你们救救他吧！求求你们了！孟西还在，他一定还活着！求求你们了！”

话音未落，只见两个消防员架着最后一个伤员出来。

黎琬愣住，对讲机啪地掉在地上。

孟西浑身都被熏黑了，衣服破破烂烂的，整个人奄奄一息，浑身重量全压在消防员身上。

黎琬拨开人群冲过去，看着孟西说不出话。她不敢碰他，她从来没觉得他那么脆弱，好像她一碰，他就碎了。

孟西看见她，混沌的眼睛亮了一下，用尽最后的力气，一把抱住小豌豆，似乎要把她嵌进自己的身体。

他虚弱地笑了笑，松了口气。

然后他眼前一黑，整个人挂在她身上。

那是黎琬拥有过最有分量的拥抱。有一个人，用生命在爱她，爱到了骨子里，爱到了人格里，爱到可以为她生，可以为她死。

《牡丹亭》说：情不知所起，一往而深。生者可以死，死可以生。以前读来觉得太虚无了，现在才惊觉，孟西不就是这样的人吗？

只是自己太迟钝，迟钝到他要用生命来表白。

这一次的实验室爆炸，经过初步调查，是另一个小组的同学没有规范操作离心机引起的。唯一庆幸的是发生在周末，没有造成更严重的伤亡。

医院里全是伤员，还有撕心裂肺的家属，拉着医生扯不清的病人……每一个画面，都看得人触目惊心，背脊发凉。

抢救室门口的灯一直亮着，夏美玟抱着黎琬，尽量不让她看那些画面。

“琬琬，孟西一个身体倍儿棒的大好青年，一定会没事的。”

黎琬点点头，眼泪却还是止不住地往外涌。自从到医院，黎琬的眼泪就没停过。夏美玟从没见过这样的她，好像一下子，整个人的精神都被掏空了，所有的强悍，也瞬间崩塌。

她不知道怎么安慰，只能抱着黎琬，至少这样，黎琬不会那么害怕。

天已经黑了，抢救室的灯依然没有熄灭，黎琬的心也没有半刻放下。灯亮着，她提心吊胆；可她又怕灯灭了，听到什么不好的消息。

她脑中一直回荡着孟西被推进抢救室时，医生说的话：“失血过多，生命体征微弱……”她知道这意味着什么，却一点也不敢细想。

忽然，灯一黑，医生从抢救室里出来，脱下口罩：“谁是家属？”

黎琬一下站起来。坐得太久，脚有点发麻，她踉跄了几步。

医生：“是这样，命是保住了。”

黎琬长长松了口气。

“不过腿伤很严重，需要手术。”医生说，“不是什么小手术，有风险，失败的话，腿就废了，但我们会尽力的。你看做不做？”

如果不做，就注定废了吧。

黎琬脚下一软，夏美玟忙扶住她。

“琬琬……”

医生：“麻烦尽快做决定，不要耽误最佳治疗时间。”

助理医生拿出《手术同意书》，将笔递给黎琬。

黎琬深吸一口气，一咬牙，签下了“同意”。在与患者关系一栏，她写下——“夫妻”。

29.

黎琬呆坐在手术室门口，已经一整夜没合过眼了。她吃不下东西，也不喝水，整个人像失了魂一样。

栾鹤立打来电话时，夏美玟看了黎琬一眼，怕刺激到她，走远些才敢接。

栾鹤立：“玟玟，那边怎么样？是不是已经成了？打你们谁的电话都不接，搞什么呀！难道说，他俩……”

夏美玟语气沉重：“出事了。”

栾鹤立："什么？"

夏美玟："孟西遇到了爆炸，在手术室里，很严重。"

电话另一头没有再说话，一阵紧张的沉默。

夏美玟："栾鹤立？"

栾鹤立："我马上过来。"

挂了电话，他转向身后的李秘书："明天的会议取消，帮我订去C市的机票。"

"可是栾总，明天董事会为您安排了相亲。是李总家的千金，要不……"

"相个锤子！"

栾鹤立丢给他一个眼刀，抬腿就走。

夏美玟回来时，医生也正好出来。黎琬只是惶恐地看着医生，脸色苍白如纸，脑子里随时绷着一根弦。

"手术很成功。"医生笑了笑，打量黎琬，"病人的求生欲很强啊。"

黎琬脑中的弦瞬间松了，一下子瘫坐在椅子上，喘了几口粗气。这一刻，医生在她眼里真的像个天使，还散发着爱与和平的光芒。

孟西被推进单人病房后，医生嘱咐："他身体素质挺好的，最迟明早就会醒。你回家拿些换洗衣物来吧，这边有护士随时监控，不用担心。"

"好。"黎琬紧握住医生的手，红着眼频频点头，"谢谢医生，谢谢医生，谢谢医生……"

"都是应该的。"医生尴尬笑了笑，"那个，孟太太，你能放手了吗？我太太看着呢。"

医生心虚地看向不远处的护士长。

护士长淡定举起针管，推了一下，药水飙出针头。

黎琬猛地松开，这才发现，医生的手都被她抓红了。

“对不起，对不起。”

她抱歉地笑了笑，又叫了KK和柯南来帮忙，再嘱咐夏美玟几句，才放心回去。

路过学校时，只见实验楼已成一片废墟，一些学生在附近拍照，上网呼吁大家重视实验安全与规范。

再一次来到孟西家门口，她感觉有些不一样了。黎琬看着自己“闲人免进”的指纹，会心一笑，按上了门锁。

门渐渐被推开，黎琬正换拖鞋，漆黑的屋子中，天花板忽然亮起。

一颗星、两颗星、三颗星……漫天星海，盈盈闪烁……

四周萦绕着钢琴伴奏，飘出孟西低沉的歌声：

如果没有遇见你，

我将会是在哪里，

日子过得怎么样，

人生是否要珍惜……

黎琬顿住了，抬头看向四周，心里像嘭地中了一枪。她一步一步走进向日葵花海，就像走近孟西。

面前开始出现全息投影的画面，那些照片，是十三年来黎琬生活中的点点滴滴，很多已经模糊不清了。

“小豌豆十三岁，我退到你的身后，从此只能看见你的背影。”

“小豌豆十四岁，回家路上的恶霸已解决，晚自习放心回家吧。”

“小豌豆十五岁，你的物理不太好，中考考电路图会吃亏的，总结笔记放在家门口了，你收到了吗？”

“小豌豆十六岁，别人情窦初开，你却沉迷做题，怎么这么可爱呢？”

“小豌豆十八岁，成年快乐。新生演出时那个翩翩起舞的你，是全场最美的风景。可为什么，你的眼睛只盯着小律师？”

“小豌豆十九岁，小律师太浮夸了，你要当心。”

“小豌豆二十二岁……”

这一年的留言是空白，也是这一年，黎琬和章宵在一起了。可能对于孟西，这就是空白吧。

后面一张图，是在机场的小雨中，裹着雪白长大衣，拎着行李箱，眼圈红红的她。

“小豌豆二十六岁，我回来了，余生，不走了……”

钢琴伴奏还在放，男人的低音还在继续：

如果有那么一天，

你说即将要离去，

我会迷失我自己，

走入无边人海里。

不要什么诺言，

只要天天在一起。

我不能只依靠，

片片回忆活下去……

音乐高潮响起，星落日出，天空破晓，朝阳洒下温暖的光，将黎琬深深包围。满屋的向日葵映着阳光，暖黄一片，簇拥着小豌豆。

黎琬眼圈发红，一时五味杂陈，小小的心脏里似有浪花翻涌。

她从不知道，孟西默默守护了她这么多年；也从不知道，她自以为是的那些好运气，不过是孟西在替她负重前行。她以为，在火场看到孟西的那一刻，已经是男人可以做到的最极致的温柔，但此刻她才明白，那不过是他温柔的冰山一角。

十三年了，他把她捧在手心，小心翼翼地不敢上前一步，她也无知无觉地从未回头。那么孟西，这一回，让我走向你吧！

黎琬捂住嘴，转身夺门而出，朝着医院的方向狂奔。她的眼泪从眼角飙出，秋风拍打在脸上，令人越来越清醒。路边来往的人群模糊了，周围斑斓的霓虹灯也模糊了，她心中只有一个念头：

孟西！

医院病房中，孟西已经提前醒了。医生刚做完一系列检查，KK、柯南、夏美玟都围在病床边。

忽听“啪”的一声，黎琬像风一样闯入，一把抱住孟西。其余几个人相视一眼，默默退出病房。

孟西一下子蒙了，直到感觉肩头有些濡湿，才反应过来。他拍拍黎琬：“小豌豆？”

黎琬肩头微微颤动，在他颈窝蹭了两下，才抬起头。女人脸都哭花了，眼睛肿得像小金鱼。

他伸出手，抹一把她的泪痕，语气温柔：“我不是好好的吗，哭什么？”

黎琬这才惊觉，孟西还是个病人，不仅手上挂着点滴，打着石膏的腿还被吊在半空中。她忙离远点，生怕碰到他的伤口。

孟西却一把钩住她的腰。男人才下手术台，力气不大，可黎琬只觉

背脊一阵酥麻，完全动不了。

孟西凑过来，贴着她的耳根：“听说，有位‘妻子’给我签的《手术同意书》。”

黎琬耳根痒痒的，脸色憋得通红，只愣愣点头。

孟西垂眸一笑，揉揉她的短发，目光温柔得可以融化一切。

“累不累？”他问。

黎琬一蒙，抬起眼皮。

“守了一天一夜了，累不累？饿不饿？”

可你已经守了十三年了。

黎琬鼻尖一酸，摇摇头。她轻轻地靠在他的肩膀，也不敢压下重量，不过是想闻着他的气息，那是最好的安神剂。

“那睡会儿吧。”孟西抚摸她的小脑袋。

好在单人病房的病床足够大，小豌豆躺在他身边，安安静静的，很快就睡着了。

或许是之前绷得太紧，现在突然放松，也或许是在他身边，总之，黎琬睡得特别沉。

以至于第二天孟西都醒了，她还在睡。

进来换药的小护士看见，吓了一跳，差点叫出来。孟西做了个噤声的手势，她才忙捂住嘴，低头换药，生怕看见什么不该看的，心里默念：非礼勿视，非礼勿视……

小护士出去后，黎琬在孟西的颈窝蹭了蹭，缓缓睁开眼睛。

孟西含笑拨弄着她的额发：“早啊，孟太太。”

睡了一晚上，黎琬也清醒了。她明白，这一声“孟太太”和以前的都不一样，这回是真的。

她埋着头憨笑，忽然抬起脑袋，对准他的嘴唇轻轻一碰："早啊，黎琬的先生。"

她翻身下床，只轻咬着嘴唇，手脚也不知道往哪里放。唇齿间还残留着男人的气息，回味悠长。

孟西完全蒙了。

小豌豆……刚才……主动……吻他了？

是吗？

是的！

他感觉瞬间飞到了云端，神清气爽，擦伤也好了，腿也不疼了。幸福来得太突然，他一时也不知道如何反应，只凝视着小豌豆，一秒也不想移开。

黎琬被他看得头皮发麻，扳开他的脸："你别看了。"

他又转回来。

她又扳。

好几个回合之后，夏美玟在门口终于忍不住敲门："对面那对恩爱夫妻，请克制一点好吗？要么回家，要么上酒店，这里是医院，注意公德。"

黎琬一顿，忙收回手。

孟西却一把握住，把它放回自己脸上，坦坦荡荡："我们是合法的。"

"了不起，了不起。"夏美玟翻个白眼，敷衍地鼓掌，"对了，你醒了的事我给栾鹤立发消息了，他应该在路上。"

黎琬惊道："你还给栾总说了？"

夏美玟点头：“当时以为孟教授要么挂了要么瘸了。作为兄弟，总要来见最后一面吧。”

黎琬一眼瞪过去。

夏美玟赶紧虚伪地掌嘴：“呸呸呸！孟夫人息怒，是小的口无遮拦，口无遮拦。”

话音未落，她的手机响了，是个陌生的座机号码。

“您好，这里是C市国际机场派出所，请问是栾鹤立先生的女朋友夏美玟女士吗？他因涉嫌影响公共治安被拘留，请您尽快过来处理。”

“什么？”夏美玟大叫一声，“栾鹤立你大爷！”

她气冲冲地出去，只留下黎琬和孟西一脸蒙圈。

30.

几个小时前，栾鹤立在新加坡的机场候机时，就已经收到夏美玟报平安的微信。原本他可以不用来，可一想到几个月没见夏美玟了，心里又有点发慌，索性来看看她也是好的。

于是，栾鹤立毫不犹豫地登机，留下栾氏一群老董事干着急。

登机前，他给夏美玟留言：“亲爱的玟玟，既然老孟已经醒了，你就来迎接一下你可爱的栾栾吧！”

顺便还发了个“么么哒”的表情包。

夏美玟回：“滚！”

栾鹤立发个“哼”的表情，回：“你要是不来，我就躺在机场不走了！”

结果，他就真的躺在机场不走了。

躺久了有点冷，他还找地勤要了一条毛毯，引得无数乘客围观。地勤十分无语，又不敢得罪头等舱的客人，给了他毛毯后，好说歹说就是不走。无奈之下，地勤只有报警了。

警察一来，栾鹤立马上就㞞了，举起双手做投降状："我是受人指使。"

警察一脸苦笑，你悬疑片看多了吧？

到了机场派出所，老警察让一个实习小警察看着这个神经病，自己去联系神经病口中的保释人：夏美玟。

栾鹤立像在派出所一日游，一点也不见外。他跷起二郎腿，一会儿要咖啡，一会儿要果汁，把小警察折磨得苦不堪言。

小警察："大哥，看你挺有钱的，求你交了罚款赶紧走吧！这也不是景点啊！"

栾鹤立优雅地喝一口咖啡，没理他。

小警察扶额，只好陪他坐着。

刚坐下，派出所就冲进来一位美丽的泼妇。她一身大红毛呢大衣，红唇大波浪，踏着高跟鞋气势汹汹而来，越来越近……越来越近……

"啪"的一声，她将皮包砸在栾鹤立头上。

"你发什么疯！"

栾鹤立捂住头，可怜兮兮的，都快哭了。他看向小警察，指着夏美玟告状："就是她指使我的。"

夏美玟翻个白眼，劲儿一上来又打。

小警察赶快拦住："女士冷静点，别在派出所动手啊！师父，师父快来啊！"

老警察端着保温杯，慢悠悠地踱步过来，淡淡扫一眼。对于这种情侣吵架的场面，他早就见怪不怪了。不过女的家暴男的，确实比较少见。

一番解释后，老警察把二人狠狠教育了一顿，又交了罚款，才终于把栾鹤立捞出来。

这一折腾，就到了傍晚。两个人并排站在黑漆漆的大街上，夏美玟白了栾鹤立一眼："饿不饿啊？"

"你关心我？"栾鹤立狡黠一笑，手臂搭上她的肩，"走！先去看看老孟，然后少爷带你吃大餐！"

夏美玟嫌弃地拎开，手指在他的衣服上蹭了蹭。

到了病房门口，刚要进去，夏美玟一把拦住。透过门缝，只见孟西和黎琬深情对望，正相互喂水果，有时候用手，有时候……用嘴。

"真恶心。"夏美玟躲在门后，做呕吐状。

栾鹤立一下捂住心脏："扎心了。"

他看向夏美玟，嘟起嘴："玟玟，我也需要疗伤。"

"扎心你找心内科啊。"夏美玟虚伪地一笑，"走吧，我等单身狗不适合待在这里。"

她觉得，此刻饥肠辘辘的自己，最适合待的地方就是楼下烤串店，不吃饱怎么抵挡别人秀恩爱呢？

栾鹤立坐下，上下打量夏美玟，皱了皱眉："你说你穿得跟时尚女魔头似的，然后，来撸串？"

夏美玟呵呵打趣："哟——你们霸道总裁不是都喜欢撸串的傻白甜吗？我还以为你是因为撸串才缠着我呢。"

"不是因为撸串，而是因为撸串的是你。"

夏美玟一噎："跟谁学的绕口令呢！"

您老被那对情侣传染了吗？这么恶心！她心跳有点快，脸红了却不自知。

栾鹤立笑了笑："玟玟，你有时候会不会羡慕他们？"

夏美玟吃一口肉串："他们有什么好羡慕的？我一个人多自由自在啊！而且我告诉你，你别老想着负责负责，我真的不需要！"

栾鹤立垂眸，心道，可是玟玟，我只是想对我的心负责。

"追你也追这么久了，真的一点机会都不能给吗？"

夏美玟摩挲着肉串的竹签，没有说话。

"你如果真的接受不了，我可能就要回新加坡结婚了。"

她一下抬起眸子。

栾鹤立接着说："其实，今天本来有个相亲，是董事会安排的，合作企业的千金，可我溜了。现在，那群老家伙估计正在发疯似的找我吧。但没关系，不管是好是坏，你给我个答案吧。"

认识以来，这是栾鹤立最严肃认真的一回，认真得都不像他了。

夏美玟心里很乱，张了张嘴，却始终挤不出半个字。

"栾总！"

路边忽然停下一辆豪车，李秘书从车上下来，一起来的还有两个栾氏高管。

栾鹤立看一眼，自嘲一笑："抓我的人来了。"他起身，整了整西装，"玟玟，你如果不来找我，我可能就真的结婚了。"

栾鹤立转身钻进豪车，司机油门一踩，车子很快就消失在长街尽头。

夏美玟看着豪车消失的方向，一动不动，直到烤串都凉透了才默默离开。

栾鹤立刚坐上车，就大喘几口气。

李秘书递水：“栾总，您还好吧？”

栾鹤立摆手：“还好你来得及时，少爷我差点就演不下去了！我一看她那样子就狠不下心啊！可不给她点压力，我得等到猴年马月去！我可真是太难了！唉，这办法，都怪我太聪明！”

李秘书扶额，是是是，您盛世美颜，您智商超群。

栾鹤立都想好了，老家伙们要他相亲就相呗，反正结婚是不可能的，这辈子都不可能。

除非结婚对象是夏美玟！

回到医院，夏美玟整个人还有点恍惚，心里空荡荡的，怅然若失。

黎琬刚把孟西哄睡着，出来就看到她：“玟姐，你不是接栾总去了吗？他人呢？”

“哦，”夏美玟无精打采的，“他回新加坡了。”

“你怎么了？”

“琬琬，”她拉着黎琬，“我是不是真的有点喜欢栾鹤立啊？可我是个自由的灵魂啊！”

她虽然前任男友众多，但不动心是原则，不沦陷是底线。

黎琬笑了笑：“爱一个人，并不妨碍你的灵魂自由啊。”她拍拍夏美玟的肩。

晚上，夏美玟在床上翻来覆去，居然失眠了！美容觉没睡成居然是因为栾鹤立！太不科学了！

天色蒙蒙亮，夏美玟吊着一对黑眼圈，打算敷个面膜补救一下，手机忽然响了。

她无精打采地接起："孟太太，有何贵干？警告你啊，机主没睡醒，秀恩爱请按 1，撒狗粮请按 2，人工服务请直接挂断。"

黎琬："玟姐，江湖救急！菜谱上的'少许'，到底是多少？还有这里的"一大勺"，该用多大的勺子呢？"

"你在做菜？"夏美玟一下睁大眼，面膜都吓掉了，"你不是从来不做饭吗？还美其名曰：君子远庖厨！我可连你下的一根面条都没吃过啊！"

黎琬干笑两声，有点不好意思："是孟西。医生说他要多喝大骨粥，以形补形嘛。我看医院的伙食也不太好，正好今天回家帮他拿电脑，就顺便……"

"打住！"夏美玟深呼吸，"太秀了！我等单身狗受不了。"

"那'少许'和'一大勺'……"

"您老自由发挥吧。"

说完，夏美玟啪地挂断电话，留黎琬在厨房满脸可怜，弱小又无助。

黎琬提着保温盒回病房，一路都挺忐忑。她真的"自由发挥"了，不过做出来的东西好像和网上的图片不太一样，应该有滤镜的原因吧？

孟西打开保温盒的时候愣了一下。

这是大骨……粥？怎么更像它的原始形态：米加水呢？

孟西笑了笑，看向黎琬："你做的？"

黎琬点了点头，有点紧张，双手背在身后抠手心："就，就是顺便做的，没费什么劲。你不想吃的话，我喂楼下小白就是，也不浪费。"

她尴尬地笑了笑，就要去抢保温盒。

孟西灵巧地一缩：“谁说我不吃？”

他太太亲手熬的粥，怎么能便宜楼下那只萨摩耶？

孟西连勺子都没用，端起保温盒就灌。

黎琬都看呆了。

这人喝粥怎么像喝酒一样？又没人跟他抢！她本来觉得那粥卖相不太好，还有点怕给孟西吃。现在看他的样子，难道味道还不错？

孟西很快吃完，拉起黎琬的手，笑得很温柔：“小豌豆，以后家里还是我做饭吧。”

“没事，我不累。”黎琬看着见底的保温盒，做饭的积极性前所未有的高涨，“我明天再做。”

咳……咳咳！孟西猛呛两声。

黎琬一愣，这才反应过来。她抱歉地笑了笑：“很……难吃？”

“客观来说，的确。”

黎琬垂下眼皮，有点失落。

孟西：“但主观而言，它能排第二。”

小豌豆不太高兴，瞪着他：“那排名第一是什么？”

孟西垂眸一笑，把她往怀里一带，耳语：“你煮的汤圆。”

小豌豆，你就是我的续命之味，终其一生，让人贪得无厌。

31.

进来换药的小护士又撞见这一幕。她有点无奈，为什么每次尴尬的总是她？这间病房有毒吧？

黎琬忙弹开，红着脸低着头：“我，我还是给你另外买份粥吧。你先换药。”

“别走了。”孟西拽住她，温柔一笑，“一上午没见，挺想你的。”

“哦。”黎琬抿嘴笑，乖乖地在病床旁坐下。

小护士头皮一阵发麻，没敢抬头，换完药赶紧溜了。

晚饭的时候，孟西还是不放小豌豆去买饭。黎琬又怕医院的套餐没营养，只好拜托夏美玟带饭来。

夏美玟看着这对夫妻摇头叹气：“为什么你男人住院，跑前跑后的是我？”

黎琬笑了笑：“你工作室离这家粥店比较近嘛，而且这家靠谱，还是砂锅熬的呢！”

夏美玟：“你自己不会去买啊？”

黎琬吐舌，朝孟西身后缩了缩。

孟西喝着粥，淡淡地说：“不是玟姐你谎报军情，我至于冲进火场吗？至于住院吗？”

夏美玟语塞，白了他们一眼：“行行行！你们夫妻联手坑我，以多欺少是不是？二对一了不起啊？”

黎琬：“你也可以找某人来，然后二对二啊。”

夏美玟呵呵：“那我岂不是太胜之不武？你还敢跟你老板杠？”

黎琬：“我又没说是栾总。”

夏美玟：“……”

她撇撇嘴，朝黎琬做个鬼脸，大波浪一撩就潇洒地走了。

黎琬看着她的背影笑了笑：“玟姐啊，当局者迷呢。”

“每个人都有自己的心墙。”孟西揉揉小豌豆的短发。所幸，你我已然坦诚相待。

夏美玟出了医院，脑中还是黎琬和孟西秀恩爱的场景，越想越心烦——以前也不觉得他们秀恩爱可耻，现在怎么这么不爽呢？

其实也不是不爽……或许是……羡慕？

夏美玟一下顿住，忽然有些心慌。她站在街边，车水马龙，霓虹漫天，整个城市热闹又喧哗。C市的夜就像一个大型酒吧，她爱这种热闹，永远如鱼得水。

可为什么，她今天却觉得特别孤独呢？好像一切热闹喧哗都和她没关系。

她一个人，冷冷清清凄凄惨惨戚戚。

夏美玟望着手机上栾鹤立的对话框发呆。一整天了，他还真的说到做到，没跟她说一个字，甚至连一个表情包都没有。她手指颤颤，不知道该不该发点什么。

远在新加坡的栾鹤立，此时也正保持着同样的姿势。和玟玟已经二十四小时没联系了，她不会真不要他了吧？

栾鹤立死盯着手机。

发？

不发？

李秘书在旁边看着着急："栾总，要实在忍不住，就发吧。"

"不行！"栾鹤立左手强拽着右手，"敌不动，我不动。"

李秘书扶额："夏小姐也不是'敌'啊。"

栾鹤立一怔，好像是哦。"敌"在会客室等着质问他相亲逃跑的事呢！

他到底没忍住，一把抓起手机，发送："玟玟，你真不要栾栾了？"

与此同时，夏美玟也点下发送键：“帮我订机票。”

两人都愣住了，几乎同时又点了“撤回”。

夏美玟握紧手机。什么情况？他不会一直在跟她博弈吧？然后第一天就忍不住暴露了？栾大总裁，您的定力呢？

没多久，栾鹤立又发来一张图片，是已订的航班信息，留言：“撤回的话我截图了。”

夏美玟“扑哧”一笑，发送：“在机场等着。”

她转身冲回医院，对着黎琬和孟西得意一笑：“二比二，给我等着。”

而栾鹤立立马冲到会客室，举着手机屏幕对着他二叔和几个老董事哈哈大笑：

“你们少奶奶杀过来了！”

老董事们面面相觑，像看神经病一样看着他，唉，老栾总去世对栾少的打击果然不小吧？这孩子的精神都有点不正常了！

他二叔嗤笑一声，这孩子正常过吗？

C 市，医院。

自从黎琬把电脑拿过来，病房就变成了双人办公室。

因为爆炸的缘故，“实验猿们”搬去了学校安排的临时实验室，KK 和柯南每天轮流来汇报研究进度，有时候和孟西一讨论就是大半天。黎琬也没闲着，孟西的各种检查、病号伙食，都需要她一一安排，工作上的事就只好熬夜加班。

黎琬打了个呵欠，做人家的妻子还真不是容易的事啊！不过看到孟西恢复得快，她心里有说不出来的满足感。

孟西揉揉她的小脑袋，满脸心疼："去睡会儿吧。下午的检查有护工在，我自己就可以。"

"我还是跟着比较放心，万一护工不仔细怎么办？虐待你怎么办？你现在没有行动能力，还是让小的伺候你吧。"

黎琬捧着小脸，冲着他眨眼睛卖萌。

孟西心头忽然酥麻，最受不了的就是小豌豆这个样子，黑漆漆的大眼睛，软软的，像贝壳嫩肉的粉唇。

"好啊，你想怎么伺候？"

男人一下子凑近，鼻尖贴着鼻尖，勾唇一笑。

黎琬一愣，下意识地要向后缩，孟西一把按住她的后脑勺："嗯？"

"我，我……"

忽然传来敲门声。

黎爸爸黎妈妈提着保温饭盒，站在病房门口，"二脸"尴尬。黎妈妈用手肘顶黎爸爸，黎爸爸干咳两声，才走进来。

黎琬烧红了脸缩在一边，恨不得钻到地缝里去。以前总看见网友问：和老公亲热被爸妈撞见是怎样的体验？当时她看评论还笑得十分欢乐。果然，出来混都是要还的。

孟西倒若无其事，露齿一笑："爸、妈，你们怎么来了？"

黎爸爸黎妈妈这才想起正事。出了这么大的事，两个孩子竟然瞒着不说！他们又气又心疼。可一看到孟西腿打着石膏吊在半空的惨样，黎琬吊着黑眼圈一脸疲惫，他们心里所有的气都消了，只剩心疼。

黎妈妈紧皱着眉头："怎么搞的？琬琬也是真不懂事，为什么不和家里说？爸妈也能帮忙啊！”

黎琬有点无奈。妈妈是一点小事就一惊一乍的性格，被她知道爆炸还了得！可不得吓出心脏病吗？要是还看见他们在病房里工作，又要不停念叨年轻人不爱惜身体了。

“是我不让琬琬说的。”孟西安抚一笑，“爸妈都要上班，也很辛苦，我们自己就可以。只是琬琬太累了。”

他摸摸小豌豆的头：“爸妈既然来了，帮我劝琬琬回去多休息休息吧。”

黎妈妈瞪女儿一眼：“看看小西多懂事！”

黎琬一脸蒙。为什么她瞒着家里就是不懂事，换成孟西就是懂事？你们也太“双标”了吧！

黎妈妈接着说：“琬琬好好照顾小西，这回小西受伤都是你作出来的！”

“什么？你听谁说的？”黎琬喊冤。

“玟玟啊。”

黎琬：“……”

明明是夏美玟谎报军情好吗？现在又来一出栽赃嫁祸。黎琬终于明白，夏美玟说的二对二原来不是她和栾鹤立，而是自家爸妈。玟姐，好深的套路。

那天之后，黎爸爸黎妈妈每天都送饭来。黎琬知道，妈妈虽然嘴上数落她，但到底心疼得紧，好吃好喝全往医院送。到孟西出院的时候，两个人都圆润了一圈。

孟西：“再这样吃下去，腿上的石膏都要撑破了。”

黎琬照镜子：“脸圆成这样，修图都救不了了！你会不会嫌弃我？”

小豌豆鼓着腮帮，可怜兮兮地望着他。

孟西捏了捏她的脸蛋，咧嘴一笑：“手感很好啊，不知道嘴感怎么样？”

黎琬：“……”

她发现了，随着孟西身体的恢复，他越来越放飞自我，一找着机会就调戏她，没有机会创造机会也要调戏她。

黎琬仿佛看到他身上透出久违的孟王爷的影子，邪笑凝视她：“小豌豆，来伺候本王呀。”

黎琬打个寒噤，刚回神，只见男人的脸越凑越近。她小手紧紧握拳，自觉地闭上眼睛，下巴微微抬起。

不知道过了多久，却始终没有一点动静。

她耳边响起孟西的低笑：“小豌豆，你想什么呢？”

她有点懊恼，挣开孟西的怀抱就去开门。

屋中的向日葵都枯萎了，很久没调试的星空控制系统也不听话了，一会儿太阳一会儿星空，有点滑稽。

黎琬尴尬地笑了笑：“我还没来得及清理。”

“正好。”孟西看向她，目光极尽温柔，“还缺一个环节。”

“什么？”

男人将她腰身一揽，俯身下去，唇齿相撞，温柔地吮吸着小豌豆的嘴唇，那麻麻的，软软的，像贝壳嫩肉一样的嘴唇。

好甜。

触感真好。

黎琬一整天都晕晕乎乎的，一看到孟西就脸红，尤其是看着他的嘴，总是忍不住想咬一口。她只好咽了咽喉头。

孟西半躺在沙发上，撑着头憋笑：“小豌豆，忍不住就别忍。你也知道我现在没有行动能力，是不会反抗的。”

真的吗？

这可是你自己说的……

黎琬一咬牙扑上去，钩住男人的脖子，对准他的嘴唇疯狂地碾压。孟西也积极回应，搅弄得她晕头转向。

后来，黎琬在《天杀的孟王爷》中写道：“他的确十分好看，撑着头笑得邪魅，像一盘诱人的点心。小豌豆到底没把持住，自觉自愿上了贼船。”

第四章

你是尘埃里开出的花

32.

卧室的落地窗洒下一片淡淡晨光，雪白的窗帘被春风吹起，柔软地飘。小半年了，孟西的腿已经完全恢复，黎琬窝在他怀里，小脑袋蹭了蹭男人的胸膛，不愿意起来。

孟西温柔地看着小豌豆，吻了一下她的额头：“我去做早饭，好不好？”

黎琬装睡，紧抱着他不松手。

孟西笑了笑。小豌豆越来越像树袋熊，天天贴在他身上，尤其是睡觉的时候，一点也离不得，简直把他当成了一个布偶。以前孟西最不喜欢拥抱，也不喜欢肢体接触，可被小豌豆抱着，他却十分享受。

他喜欢她的发丝拂过下巴，喜欢她的呼吸扫过脖子，喜欢她身上甜甜的，令人迷醉的气息。

只是，还有点小烦恼。

孟西是个正常男人，天天被小豌豆抱着，怎么可能心如止水？奈何前阵子养腿伤，除了忍，什么也做不了。

黎琬又抱紧了一点。

“小豌豆，你是不是对我有什么企图？”

黎琬微怔，睁眼。只见孟西半眯着眼，嘴角斜勾，那样子浪得很。

她忙松手：“没，没企图啊。”

“我有。”

孟西扣住她的手腕，一个翻身将她压在身下。鼻尖和嘴唇都近在咫尺，男人的呼吸扫过她的脸颊，痒痒的，轻飘飘的。

“小豌豆，”他对着她吐气，声音低沉沙哑，“妈最近总是给我发推文。”

“什，什么推文？”

孟西点开手机给她看：《那些没认真备孕的人，最后都怎样了？》《备孕夫妻必须知道的十件事》《备孕期间吃这些东西等于吃毒药》……

黎琬：“……”

这些推文，妈妈也给她发过一遍。她都假装没看到，从来不回。毕竟，她和孟西到现在都只是纯洁的夫妻关系。

等等，孟西给她看这个是什么意思？

孟西：“备不备孕都是后话，有些事，倒可以先做。”

黎琬脸色一紧。

什么事？难道，难道……

孟西的脸越来越近，忽然埋向她的颈窝，一口含住小豌豆的耳垂，小小的、圆圆的、肉嘟嘟的，像一颗甜甜的软糖。

黎琬浑身一阵酥麻，又紧张又兴奋。

“你，你不是要去做早饭吗？”

孟西垂眸一笑：“早饭哪有你美味？”

黎琬的脸唰地红了，心脏扑通扑通跳不停。

男人手掌穿过她的发丝，摩挲一阵，刚要吻她，她的手机忽然响了。

来电：栾鹤立。

孟西眉头一皱，拿起手机就要挂断。黎琬忙抢回来，抱歉地笑了笑：“说不定公司有急事。”

她点开免提。

栾鹤立果然十分着急：“黎琬，出大事了！”

她心头一紧，迅速脑补了各种可能性。最坏的就是栾总在栾氏被架空，鹤行基金也连带被打压，所有努力功亏一篑。

栾鹤立：“玟玟失踪了！”

哈？

栾总，您不是在逗我吧？

根据栾总浮夸的性格和夏美玟不靠谱的程度来看，所谓“失踪”，应该只是玟姐心血来潮跑去玩了，美其名曰：游学。

栾鹤立可怜兮兮地说：“她说出去游学一阵。黎琬，你知不知道她去哪儿了？她失踪了，我可怎么活啊？我真是太可怜了！”

“失踪就报警！”孟西一脸不爽，啪地挂断。你可怜，我还可怜呢！

黎琬试探地看向孟西，干笑两声：“栾总就是小孩子脾气，你别生气。”

“可我是成年人，”孟西凝视她，似笑非笑，“从内到外，都是。

要了解一下吗？”

黎琬涨红了脸，不置可否，只是身体绷得僵直。

“小豌豆，放松些。”他对她温柔耳语，手掌缓缓滑进她的睡衣。

“孟西……”

“嗯？”

“你今早有课。”

“……”

孟教授一整个上午都不太爽，每节课都点了名。很不幸，甄克连同学又中招了，而孟教授丝毫没有同情心。

黎琬也不太对劲，一想到孟西早上那样子就没办法工作，甚至看到他的办公室都心里发慌。快中午了，她电脑上的报告还是一片空白，她都觉得对不起栾总给的工资了。

小 lo 妹：“师母，要不要开窗啊，你的脸好红。”

黎琬一怔，摸了摸自己的脸，烫得马上弹开。她尴尬地笑了笑，遮掩似的打开窗。

下课回来的孟西刚好看到这一幕。

他轻手轻脚地走过去，双手撑在窗台上，刚好把小豌豆圈住。

“想什么呢，脸这么红？”他贴着女人的耳根，“不会都是马赛克吧？”

黎琬一惊，猛地回头，差点撞上他的脸。与男人的距离不过方寸之间，她下意识地缩了缩脖子，手臂抵着他的胸膛，却不用力。

孟西怎么这样啊？这是办公室，他的学生们都在呢！说好的禁欲系教授呢？说好的为人师表呢？

孟西越靠越近："放心吧，他们都吃饭去了。"

黎琬用余光扫了一圈，果然半个人影都没有。

所以呢？您老想干什么？

她的眼睛不由自主地瞟向孟西的办公室。他要想干什么，还真不愁没有地方，百叶窗很严密，玻璃的隔音效果也极好。

黎琬咽了咽喉头，早上那种紧张感又漫上来，从脸红到脖子，像一只烤熟的龙虾。

孟西顺着她的目光看去，憋笑："原来小豌豆喜欢这样啊。"

"不是！"

"这样呢？"他朝小豌豆的嘴角轻啄一下。

"还是这样？"他又轻咬一下她的耳垂，吐气耳语。

黎琬红着脸缩着脖子，虚伪地摇了摇头。

"那我知道了。"孟西宠溺一笑，手指在她腰间弹琴，"急什么？晚上，咱们有的是时间。"

说完，他忽然撤回手，拎起午饭进了办公室。

黎琬愣了半天才反应过来。她又羞又恼，像条小尾巴一样跟在孟西后面不停地解释。

吃午饭的时候，黎琬只有不停地刷新闻，以掩饰尴尬。

孟西憋笑："小豌豆，跟自家老公害什么羞，你又不修仙。"

黎琬无法反驳，只好默默扒饭，忽然手指一顿，一条新闻撞入眼帘：T 大发布最新科研成果，素纱禅衣的奥秘或已破解，量化生产指日可待。

什么情况？

有人在做同样的研究，还赶在他们之前出了成果？

不可能啊！

她之前做过投资调查，孟西的团队在这个领域是数一数二的。而且素纱禅衣项目需要花费大量的人力、物力、财力，从对标研究报告来看，T 大根本不具备同等的实力。

黎琬紧皱眉头，饭也吃不下了，放下筷子，耷拉着脑袋。栾总这个乌鸦嘴，这回真出事了吧！

孟西扫了一眼屏幕，语气平静："先吃饭。"

他揉揉黎琬的小脑袋："吃饱，后面有得忙。"

消息传得很快，"实验猿们"饭还没吃完就跑了回来，鹤行基金也立刻召开紧急会议。去公司的路上，黎琬一直和孟西、栾鹤立保持着三方视频通话。

孟西："目前来看，T 大公开的数据几乎与我们重合。KK 初步排查了我们的系统，可能存在盗取数据的情况，但没有明显痕迹。我建议先报警。"

栾鹤立："好。不过集团那边已经知道了，我二叔现在跳得很厉害，我过不来。黎琬，你一定要先稳住公司。"

黎琬深吸一口气，点了点头。

从新闻一出来，她的手机就被投资人打爆了，甚至还有直接扬言要撤资的。她现在一个电话都不敢接，只有先商量好对策，再一一和投资人们约谈。

孟西："小豌豆，你别着急，事情还没坏到那样的地步。T 大的团队是什么来路，数据究竟有多少真实性，我们都不清楚。鹤立，这要辛

苦你了。”

栾鹤立：“好，我马上让人查。黎琬，如果顶不住，随时中断会议，就说是我的意思。”

孟西：“小豌豆，我这边交代完就去接你。”

黎琬：“你们放心，项目危机也不是第一次遇到了，我有分寸的。”

可一下车，黎琬还是被震惊到了。

公司门口围满了投资方的人，还有他们请来的媒体。一片闹哄哄的，还说栾鹤立仗着与孟西关系好，故意利用他的学术成就做背书，欺骗投资方。

黎琬心下一沉，绕到后门进去。

公司里面也没好太多，高管们黑着脸，围坐在会议桌旁，齐刷刷地盯着黎琬。

“哟，孟太太来了。”张姐阴阳怪气地笑了笑。

财务总监转过电脑屏幕对着她：“感受一下鹤行基金暴跌的股价吧。”

投资总监：“其他项目受你们影响，也接到了撤资电话。新法人，你看看怎么办吧？”

代理总裁：“实在不行，让栾总走收购流程吧。如果卖给新加坡栾氏，还能顾及情分多出点钱。”

黎琬看着他们你一言我一语，赞成收购的人越来越多。她没有争执，走进去坐下，不慌不忙地打开电脑。

“不说话了？”代理总裁嗤笑，“别以为大家看不出你们夫妻和栾总唱什么双簧，你老公可是公认的天才，会被别人抢先？除非你们根本就没想研究，不过是立个空壳项目，套公司的投资！”

黎琬冷笑：“您直接说我们三个骗钱呗！”

代理总裁：“谁知道呢？栾总现在撒手不管，留你一个小丫头片子在这儿，谁知道是什么意思？”

“那倒不至于。”投资总监说，“在座大部分人都是跟着栾总创业的，他是什么人，咱们心里都有数。他要真在乎这点钱，当初就直接回栾氏了，还来中国折腾什么？”

张姐：“不管是不是骗钱，现在素纱禪衣项目被人捷足先登，已经没有任何价值了！现在要做的是止损！在此之前，栾总几乎集全公司之力扶持这个项目，再不砍掉，只怕鹤行基金真的要被贱卖了。”

投资总监点头：“黎琬，我们也不是针对你。但你也在这个行业这么多年了，应该明白什么是最好的做法吧？”

“当然。”

黎琬目光扫了一圈，点了一下回车键，PPT 投到大屏幕上。

她接着说：“最好的做法，就是再给素纱禪衣项目一些时间。你们可以看到，这是最新的研究进度。我们如果想要发布，早就可以发布了。但孟教授严谨，有一个关键数据一直达不到最佳。而 T 大发布会上公布的，正是这个非最佳数据。”

投资总监：“你是说……”

“剽窃。”黎琬斩钉截铁道，“我们已经报警。”

代理总裁：“可你给我们看的数据也不具体，我们怎么知道你是不是在说谎？”

黎琬笑了笑：“您天天嚷嚷着卖鹤行基金，还是卖给栾氏，我怎么敢放具体数据？您不会不知道，栾总最在乎的就是鹤行的独立吧？”

代理总裁吃瘪。

其他人也渐渐冷静下来。

投资总监：“你需要多久？”

黎琬：“三个月。”

张姐：“太长了，投资人对现在的鹤行基金没有那么大的信任。一个月。”

黎琬：“两个月。”

最后，大家达成共识，两个月之内出成果，否则将会召开股东大会，对素纱襌衣项目的去留进行投票。

黎琬明白，一旦进入投票流程，他们的胜算就微乎其微了。栾鹤立虽然是第一大股东，但如果其他人联合一致，他们也只能眼睁睁地看着项目被砍掉。

晚上，黎琬躺在孟西的肩头，有点抱歉：“只有两个月。”

“足够了。”他吻上她的头顶，“鹤立还说你很厉害呢。原本预计的一个月，你已经超额完成任务了。”

可不管一个月还是两个月，时间都太紧迫了。

但不知为什么，只要孟西说足够，小豌豆就很安心。如同小时候下晚自习，黑漆漆的道路空无一人，她却莫名地安心。只因孟西永远在身后守着她，不论她是否回头。

“孟西，有你真好。”

“小豌豆，你也是。”

33.

公司暂时稳住了，但投资人依旧天天打撤资电话。黎琬最近从早到晚都在见投资人，保住的投资也不到一半。

孟西揉揉她的头："没关系，鹤立也在想办法。"

黎琬点头，背上包包和电脑："那我去见投资人了。你今晚别熬夜了，连着好几天都两三点才回家。"

孟西一愣。

他以为自己轻手轻脚的没有吵醒小豌豆，谁知道她压根就没睡，还数着时间。要不是她说漏嘴，他到现在都还不知道。

孟西温柔一笑："好。"

他的目光似能消融一切冰雪，凝视着小豌豆，不由自主地轻轻吻上她的额头。那个吻像羽毛，暖暖的、轻飘飘的，留下甜蜜的印记。

上午的试验做完，孟西脱下实验服，揉了揉颈椎。

小 lo 妹："孟老师，师母今天不一起吃饭吗？"

孟西："她去见投资人了。"

小 lo 妹皱眉，咕哝："不会是昨天那个吧？好凶的。"

孟西忽然盯着她，好像在说：谁敢凶我太太，我自己都舍不得！

小 lo 妹被他看得头皮发麻："就是隔着电话都能听到，好大声的，还骂人。当时你在做实验，师母还说不要告诉你……"话音未落，她一下捂住嘴，"孟老师可别出卖了我啊！"说完赶快溜去吃饭。

食堂中，KK 看着小 lo 妹一脸无奈。

他朝她额头弹个栗暴："你傻不傻啊？没我看着你可怎么了得？就

老孟那脾气，啧啧啧，我怕投资人没命啊！”

小 lo 妹捂住额头，满脸委屈：“老孟都问了，我又不可能不说。”

KK：“算了，算了，你这种智商不适合单独在外行走，以后哥罩着你。”

旁边的柯南白他一眼：“用得着你罩？”说完，给小 lo 妹夹了个鸡腿，完全当 KK 不存在。

KK 只“嘁”了一声，迅速扒饭。

此时，黎琬正在公司楼下咖啡厅见今天的第二位投资人。嗯，很凶的那位。投资人看着很斯文，一身休闲西服、金丝眼镜，典型的金融精英打扮，可说起话来丝毫不留情面。

投资人：“撤资。”

说完就要走。

黎琬蒙了一下，忙拦住，赔笑道：“您看都中午了，要不咱们先吃个饭吧。别的事我都不提，就吃个饭。您跑一趟，总不能让您饿肚子吧。”

投资人很不耐烦：“这个项目现在已经废了！ T 大的项目马上要进行 B 轮融资，我急着用钱，请你理解。如果贵公司不配合，我只有走法律流程了。贵公司目前的状况，经不起官司了吧？”

“您给我一分钟，我会解释清楚的。”

“剽窃？数据造假？”投资人冷笑，“该说的你在邮件里不是已经说了吗？我是个投资人，没时间等你们成长，我要的是及时快速的经济回报！你知不知道出来见你一面耽误了我多少投资？我少赚了多少钱？要不是看你一个小姑娘，我早就找你要赔偿了！”

“也不一定是少赚啊，也可能是少亏。”黎琬咕哝。投资有风险，这是大家都知道的道理。

投资人一噎，气性一下子上来：“你还好意思说？都亏你们身上了！你到底让不让开？”

黎琬拖着脚步，心有不甘，又失去一笔投资，项目后期该怎么运作呢？

投资人也急了，端起桌上的咖啡就朝黎琬泼。

黎琬只觉手臂一紧，还没反应过来，就被人拽开。咖啡洒到地上，她正被孟西抱在怀里。

男人的脸黑成了锅底，眼刀刺向投资人，冷得能把人冻成冰雕：“咖啡还在冒热气，足以造成烫伤。你是自己打110，还是我打？”

“她……她又没……没伤着……”

“是吗？”

孟西微微冷笑，慢慢走近他，举起桌上放凉的咖啡，从投资人的头顶慢慢往下倒：“你也没伤着。”

他看着一脸怀疑人生的投资人：“想撤就撤吧。以后我的项目，你一分钱也别想投。”说完，护着黎琬转身就走。

直到两人出了咖啡厅，投资人才反应过来：“你是谁啊？谁要投你啊！”

过来收拾的咖啡厅小哥看他一眼：“孟西教授啊。楼上鹤行基金的黎琬，是他太太。”

投资人脸色一白，孟……孟西教授！他一脸欲哭无泪，他只想撤鹤行基金的资，可没想得罪孟教授啊！

孟西驱车回实验室，黎琬坐在副驾驶座叹气：“又少一笔投资，可怎么办呀，老天你倒是下点人民币呀！”

“那也不能任人欺负！你能忍，我还舍不得呢！”

“哦。”黎琬“扑哧”一笑，低下红红的脸。

孟西揉揉她的小脑袋：“那样的投资，不要也罢，又不是什么优质资金。”

大哥，可是咱们现在没钱呀！

孟西：“你是学金融的，难道没觉得这样大比例的撤资，有点不正常吗？”

黎琬一愣，事出突然，她完全没往这个方向想。

孟西：“鹤立查清楚了，都是他二叔搞的鬼。从项目一开始募资的时候，他二叔就安排了很多投资人，就等着撤资这一刻。不过，中途有的投资人看到了我们的价值，站在了我们这边。”

黎琬：“也就是说，T 大的事，他二叔也有份？”

孟西：“还不清楚，或许只是顺水推舟。不过 T 大的做法，更像是冲我来的。”

黎琬一惊，眉眼间忽然多了几分担忧。

孟西笑了笑：“我们做好自己的研究就好，这才是项目的底气。”

至于别人，再怎么折腾，再怎么吹得天花乱坠，没有核心技术支撑，终将沦为资本泡沫。

黎琬点点头。

既然是豪门恩怨，终究还是要靠栾总解决。她也只能做好自己的事，问心无愧就好。

而远在新加坡的栾鹤立，正为鹤行基金的资金缺口发愁。

他忽然意识到，自己必须尽快掌握栾氏的实权。不论对于素纱禅衣项目，还是他自己，都已经迫在眉睫。但他现在势单力薄，必须要找到同盟。

“李秘书。”他喊道，“帮我给金小姐备一份生日礼物。”

栾鹤立眼睛眯了眯，心中已经有了初步计划。

深夜，实验室。

今晚的月亮很圆，春夜的柳枝随风摇曳。“实验猿们”已经陆续走了，只有孟西还关在他的私人实验室里，一直没出来。

他告诉过黎琬，有一个数据一直不太对，为了那个小数点，他已经连续熬了快一个月。

黎琬看着实验室紧闭的门，皱了皱眉头。大家都觉得孟教授是无所不能的，只要他出马，研究成果就靠谱了。可他们不知道，即使天才如他，也需要靠无数个日夜堆积，也需要经历无数次实验失败。

而这回，只有两个月的时间。

孟西看上去总是云淡风轻，他的态度安抚着每一个人。但黎琬明白他的压力，她会心疼。

她来到实验室茶水间，帮孟西煮了一碗芝麻汤圆。他晚饭都没吃，一定饿了吧。

汤圆在开水里翻滚，孟西听着声音过来，从身后轻轻抱住小豌豆。

“你出来了！”黎琬惊喜一笑，“实验怎么样？”

孟西下巴抵着她的颈窝，有点疲惫：“还是不对啊。”

“那先吃饭吧，明天再战！”黎琬将汤圆捧到他面前。

孟西接过，温柔一笑：“小豌豆，陪我出去透透气吧。”

“好。”

已经过了宿舍熄灯的时间，偌大的校园没什么人。两人手牵着手，穿过小竹林，在实验楼附近的台阶坐下。月光下，孟西一边吃，一边看着她，而她看着月亮。

她说：“之前在S大上学的时候，我经常自己出来看月亮。”

孟西微笑：“我知道。”

那时候，你看着月亮，我看着你。

黎琬：“当时我就想，如果有一个男孩子能陪我看月亮该多好啊，多浪漫啊。我看着月亮，他看着我。”

他一直都在，只是你从前不知道。

黎琬：“玟姐说我挺蠢的，都成年了，中二的玛丽苏幻想还深入骨髓。”

“可是孟西，”她靠上男人的肩膀，安稳又温暖，“你把我所有的幻想都实现了。他们都说你呆板，可在我看来，你是最懂浪漫的人。”

浪漫，远不是大庭广众之下炫耀地表白。

而是你想看月亮时，他不会说你犯了玛丽苏病，而是默默跟在身后，守护你的安全。

浪漫，是每一天他比你早起，做好的早餐；是每一回他摸摸你的头，笑着说：“没关系，一切有我。”

浪漫，是他奋不顾身冲进火海，只是因为你“可能”在里面；更是他手术醒来，最关心的事竟然是你累不累。

“孟西。”

黎琬挽紧男人，以前都是他给她唱歌，今天她也想唱歌给他听：

如果没有遇见你，

我将会是在哪里，

日子过得怎么样，

人生是否要珍惜，

也许认识某一人，

过着平凡的日子，

不知道会不会，

也有爱情甜如蜜……

任时光匆匆流去，顺境逆境，你我一生并肩同行。

月亮洒下清辉，孟西靠着她的小脑袋，咬一口汤圆。芝麻馅流出，好甜。

小豌豆，你也好甜。

两人吃完汤圆，正准备回家，忽然接到孟采采的电话。

“孟西，你爸住院了！”

34.

坐在去苏州的飞机上，孟西也不知道当时为什么就答应了回去。大概是月光太温柔，小豌豆太温柔，他的心自然而然变得柔软。

旁边的黎琬看向孟西，即使孟西不愿意承认，但他皱紧的眉头骗不了人。

黎琬握住他的手：“别太担心。采采不是说，血压已经降下来了吗？”

孟西点点头，下意识地灌了杯咖啡。

他们到医院的时候，孟父正在吃早饭，一看到孟西，整个人就僵住了，勺子悬在半空，嘴也不知道咀嚼。虽然他经常在新闻里看到儿子，可十三年来没见过真人，竟然有点认不出来。

他的小西，原来已经这么大了！

黎琬对孟父的印象还停留在十三年前。那个不大爱说话，邻居中最严谨无趣的叔叔。而现在的他，头发白了，发际线后移了，整个人有点发福，但脸上那副大眼镜还依稀有当年的影子。

孟西看着他，没有说话，目光扫过血压监测仪，最后落向床头的一大摞草稿纸。

孟父一愣，僵硬地笑了笑，把草稿纸一点一点往背后藏。黎琬虽然看不懂写的是什么，但上面一些符号，是孟西在实验报告里常用的。

孟西："醒了。"

孟父似乎有点怕他："醒了，醒了，昨天送来没多久就醒了，其实不是什么大毛病，麻烦你跑一趟。"

孟西板着脸"嗯"了声。

旁边的孟采采看着这对父子，尴尬症都快犯了。她打哈哈道："大哥，要不先让孟西他们回去放行李吧？"

孟父："好好好，小西和琬琬最近太辛苦了，要好好休息。我这里没事，不用过来，蛮累的。"

他冲着小两口笑了笑，老人有点拘谨，不大好意思，甚至有点讨好的味道。

黎琬心头泛酸，转头看向孟西。他一直没说话，也没表情，直到出了病房才问孟采采：“怎么回事？”

孟采采：“熬夜熬多了吧！听我爸说，你爸最近都在做实验，晚上回去还弄什么数据分析，就是床头那摞纸。昨天他在我家吃饭，吃着吃着忽然就晕了。可吓死我了！”

孟西皱眉。

床头那摞草稿纸他当然知道是什么。

老头子已经退休了，哪儿来的实验？唯一的，只有孟西正陷入瓶颈的实验。

他绷着嘴唇：“我先带小豌豆回去，一会儿来换你。”

孟采采：“嗯。”

出租车上，孟西很沉默，只是茫然地看着窗外划过的风景。老家是典型的江南小镇，粉墙黛瓦随处可见。街边的柳枝长到可以垂入湖面，湖上莲叶层层堆叠，春风吹过，带起绿浪一片。

出租车在孟家老宅前停下，这是一座二进的老院子，古色古香的。孟西不常回来，爷爷还在世的时候，他每年寒暑假都会来小住几天。可自从那件事之后，爸爸搬回老家，他就再也没来过了。

老宅和以前比没什么变化，孟西的卧室更是数十年如一日。只是，这间屋子十几年没住人，理应该积满灰尘，可它偏偏十分整洁，偏偏一尘不染，甚至保温壶里还有温热的水。

黎琬扫视一圈，心中有些动容。

孟西曾说，他在小豌豆身后走了十三年，只等她哪怕一次的回头。可是孟西，有人也在你身后走了十三年，等你哪怕一次的回头。

而这些，你从来都不知道。或者说，你刻意地不愿知道。

黎琬看向他。

孟西的表情没什么变化，只是眉心微微皱了皱，一般人根本不会注意到。可黎琬明白，他就像一片大海，小浪花之下一定是被藏起来的惊涛骇浪。

她捏了捏孟西的手："我们收拾一下去医院，主治医生应该正好来上班，我们多问问他吧。至于项目的事，我跟栾总和柯南留言了，日常工作他们会安排的。反正现在也是瓶颈期，你就当给自己放个小假，说不定就有思路了。"

孟西点点头："小豌豆，谢谢。"

他微微一笑，揉揉黎琬的短发。小豌豆从昨晚起就陪着他一夜没睡，现在吊着黑眼圈，眼睛有点肿，看上去十分疲惫。

"你去睡会儿吧，我自己回医院就是。"

"我不累的。"

"有些事，我单独和老头子谈会比较好。"他吻上小豌豆的黑眼圈，一把将她横抱起，轻轻地放在床上，"睡觉，乖。"

"可是……"

"我心疼你。"

男人的嗓音低沉，语气极尽温柔，轻飘飘的。黎琬就像躺在一堆羽毛中，被催眠似的，慢慢闭上眼睛。

等小豌豆睡着，孟西才放心地回医院。主治医师生说孟父是突发性的高血压，问题不大，再过两三天就可以出院了。只是他上了年纪，以后要注意休息，少熬夜。

回到病房时，孟西没有马上进去，而是在门口悄悄地站了一阵。

透过窗子，只见孟父靠在病床上，手里捧着那摞草稿纸，看得很专注，时不时推一推大眼镜。

孟西深呼吸，敲了敲门。

孟父一惊，连忙将草稿纸藏到枕头下。他看着孟西，笑得有点局促，也不知道该说什么，坐得也不太踏实。

孟西板着脸："听说你还在做实验？"

"没……没有啊……"

孟西没接话，抽出他枕头下藏着的草稿纸，随意翻了几页。

孟父："小西你别误会，其实这个……"

"别做了。"孟西将草稿纸扔在床头柜上，"我的研究，不需要拿你的命换。"

他看向孟父："我们不一样。"

孟父怔住，半晌，他垂下眼皮，遮掩似的整理草稿纸，不太敢看孟西的眼睛。

当年的事,在孟西心里留下难以愈合的伤口,在他心里又何尝不是？他眼睁睁地看着妻子葬身火海，而自己却无能为力。十三年来，他不停地问自己，如果再来一回，自己会怎么做？是先抢救珍贵的实验资料，还是先抢救无辜的妻子？

答案永远是无解。

往事没有假设。不论什么答案，他的妻子回不来了，孟西的母亲回不来了。

孟父："小西，我对不起你妈，对不起你。"

孟西看他一眼，只是板着脸说："以后别熬夜了。"

孟父一愣，抬起眼皮，好久才反应过来。他是不是听错了？小西是在……关心他？这个恨了他十三年的儿子，竟然在关心他？

孟西本来打算一辈子都不见爸爸。可现在不一样了，他有小豌豆。他的妻子太美好，太良善，而陪她一生的自己，不该是一个心怀仇恨的人。

出院那天，孟西做了很多家乡菜，小豌豆很爱吃。没有人再提往事，或许顾院士说得对，他该放过的，其实是他自己。

临别的时候，孟父站在老宅前送他们。

他看看孟西，又看看黎琬，纠结了半天，才小心翼翼地问出口："你们……过年回来吗？"

孟西："太忙了。"

孟父有点手足无措，有点尴尬，到底还是自己太贪心了吧。

孟西："你来 C 市吧。过年，和小豌豆的父母一起。"

孟父一惊，连连点头。

孟西和黎琬的背影渐行渐远，院子外的老树下，孟父忽然老泪纵横。他摘了眼镜，抹一把眼泪。十三年来，他第一次会心地笑了。

回 C 市的飞机上，黎琬问孟西："昨晚你和你爸聊什么了？我一直不敢睡，生怕你们打起来。"

她回想起昨晚书房的争执声，耸了耸肩。

孟西笑了笑："还能聊什么？十三年没见了，唯一的共同话题也只有研究了。"

聊研究，必然有争论。

他接着说："老头子到底是老头子，他一点拨，我还真有个新思路。"

黎琬笑道："那咱们一下飞机就给栾总打电话要钱。"

新加坡，咖啡厅中。

栾鹤立正等着美女总裁金小姐。他又看了眼玻璃中的自己，有点无奈。栾鹤立啊栾鹤立，你不会真沦落到靠出卖色相了吧？这逆天的容颜，真是罪过啊！金小姐要是真爱上自己可怎么办啊？

忽听"啪"的一声，金小姐出现在面前，生日礼物被扔在桌子上。她穿着毛衣牛仔裤，背着双肩包，一副普通大学生模样，完全不像金家的大小姐。

她毫不客气地坐下："栾大少爷，你什么意思啊？"

栾鹤立看着生日礼物，嘿嘿笑："生日快乐呀！"

"我们不是说好的吗？相亲是两家集团的意思，你我半毛钱关系都没有！从此井水不犯河水，懂？再说了，你不是有女朋友吗？"

栾鹤立："我不是那个意思。"

"那你是什么意思？"

一个阴阳怪气的声音从背后飘来，栾鹤立忽然觉得背脊发麻，只见夏美玟站在他身后，裹着头巾戴着墨镜，恶狠狠地盯着他。

她举起包包就开打："栾鹤立，你现在长本事了，学会吃着碗里的瞧着锅里的了？我这才出去几天你就这么浪？我要是再走远点，你是不是还能浪出一个太平洋啊？"

栾鹤立抱头，一脸无辜："玟玟，你误会我了！"

"那这个怎么说？"金小姐看热闹不嫌事大，指着生日礼物，一脸冷漠地补刀。

栾鹤立睁着真挚的眼睛："老金，咱们认识多久了？你摸着良心，就你这样一般般的颜值、一般般的身材、一般般的脑子，我会追你？"

金小姐呵呵："是啊，就栾少您这样'沙雕'又自恋的性格，我也不能答应啊！"她看了眼夏美玟，"你女朋友还真是在做慈善！"

夏美玟蒙了。

这是什么剧情？所以，这礼物到底是怎么回事？

栾鹤立扶额："送给两家集团看的！"

他接着说："老金，你在金氏的日子也不好过吧？被老头子们架空，做事束手束脚。既然如此，为什么不和我合作呢？"

金小姐眯了眯眼："我凭什么信你？"

"凭我真缺钱。"栾鹤立卖惨，"再没实权，我在中国那边投资的项目就要黄了！大姐，你行行好，救救小的吧！"

金小姐嫌弃地白他一眼。

但嫌弃归嫌弃，栾鹤立的话倒也在理。他们处于同样的困境，目前最好的办法，似乎也只有联手。

金小姐点点头，嘴角渐渐勾起阴谋的笑。

夏美玟忽然意识到，好像……真的……又……误会栾鹤立了！她用丝巾挡住脸，就要开溜。

栾鹤立一把拽住她，拉回座位："回都回来了，还想跑？"

忽然听见"咔嚓"一声，不知从哪里蹿出来的狗仔拍下照片，撒开腿就跑了。后来，这张照片传到八卦新闻上，就成了——小透明设计师抢亲栾氏接班人，金大小姐冷漠旁观，豪门狗血爱情将何去何从？

35.

回到 C 市后，孟西和黎琬就马不停蹄投入到项目中。

实验渐入佳境，孟西几乎整天都把自己关在私人实验室中。夜已深了，他难得出来喝口水，只见小豌豆紧皱着眉头，托腮坐在电脑前，看上去十分焦虑。

孟西给她泡了一杯热果汁，揉揉她的小脑袋："谁惹我家太太不高兴了？"

黎琬噘着嘴，把电脑屏幕转向他。网页是一则新闻：T 大素纱禅衣项目已获上亿投资。

孟西笑了笑："他们窃取的数据本来就有问题，早晚会出事，你愁什么？"

"可他们获得的投资全是我们的资金缺口啊！"小豌豆有点委屈，"如果因为缺钱而暂停项目，甚至砍掉项目，我都觉得自己影响了我国生物学的发展！"

小豌豆鼓着腮帮，一本正经，让孟西觉得特别可爱。

他憋笑，从后面抱住黎琬："你影响生物学发展还少吗？"

"哈？"

"比如现在，"孟西把头埋在女人的颈窝，耳语，"本来我该回实验室，却被美色诱惑了。"

黎琬脖子一僵，绯红直漫上耳根。她举起双手："我，我可什么都没做。"

"你还想做什么？"他轻笑，在女人的脸颊上亲了一口。

你还是孟西吗？怎么又变孟王爷了？说好的时间紧迫呢？说好的实

验瓶颈呢？

“小豌豆，其实……”

话音未落，电话响了。屏幕弹出栾鹤立的头像。

“老孟，想不想我呀？”栾鹤立扬起一张大笑脸，露出一排大白牙，“猜猜我在哪儿？”

孟西：“C 市机场。”

栾鹤立：“你怎么知道？”

孟西白他一眼：“你后面写了。”

栾鹤立：“那你还愣着作甚？快带着你的小娇妻来迎接本少爷啊！鲜花、红毯，都给少爷安排上！”

孟西：“自己没长腿？”

“呵！”栾鹤立得意一笑，一副贱兮兮的表情，“孟教授，你可不要后悔。”

旁边的夏美玟看不下去了，一把抢过手机：“神神道道，半天说不清楚！琬琬，他家宫斗他赢了，有钱了，你们缺多少直接说话，别客气！”

栾鹤立咕哝：“有你这么卖男朋友的吗？”

黎琬眼睛一亮，所有的焦虑一扫而空：“栾总，我们马上到！”

这一刻，栾总已经不是栾总了，而是财神爷！

C 市机场，栾鹤立看着两手空空的小夫妻，十分不满。

“少爷的鲜花呢？红毯呢？我拼死拼活搞宫斗，难道一束鲜花都不配拥有吗？”

黎琬：“栾总，花店都关门了。明天吧，我保证，明天公司门口鲜花、红毯都齐全，同事们也夹道欢迎，一定特别有派头！”

栾鹤立：“真的？”

孟西不耐烦地瞟他一眼：“你到底走不走？”

栾鹤立故作深沉：“孟教授，你要一直是这种态度，资金我可能也没办法提供了。”

孟西：“不需要。我做出来了。”

什么？

实验……成功了？

什么时候的事？

其余三人都瞪大了眼，孟西却一脸淡定，就像在说晚饭吃了什么。

孟西：“都在计划内，没什么好惊讶的。”

黎琬蒙了，自己跟他朝夕相处，竟然一点都不知道！

孟西转向小豌豆：“刚刚才做出来。正要跟你说，他就打电话来了。”

他本来想等栾鹤立闹腾完，再回家和小豌豆第一个分享胜利果实。可栾鹤立今晚把作天作地演绎到了极致，他实在受不了了！

栾鹤立：“老孟，你这么为我省钱，是不是看上我了？”

孟西白了他一眼，搂着小豌豆就走。

第二天，鹤行基金门口除了鲜花、红毯，黎琬还加了礼炮、彩带。同事们尤其热情，栾鹤立只有在发奖金时才看到过他们这样的表情，果然分开太久，员工们都太思念他了吧！

栾总很满意：“黎琬，结了婚就是不一样啊，挺会办事嘛！”

“谢谢栾总。”黎琬笑道，“对了，这些费用都挂在您的私人账单上了，财务总监说公司前阵子亏损严重，已经没有闲钱了。”

栾鹤立像被插了一刀，一下捂住胸口，脸色铁青。

黎琬继续：“还有同事们下楼迎接，人资部算了误工费，从您的工资里扣。”

不等栾鹤立说话，她又道：“栾总，要没什么事我就先回实验室了，下午的会议还要和孟西对一下资料。”

说完她鞠了一躬，高跟鞋嗒嗒，走出办公楼。

栾鹤立欲哭无泪，拖着脚步进电梯。

还是没结婚的黎琬比较好，现在她跟老孟混久了，良心都黑成煤炭了！唉，少爷的银子啊！

素纱禅衣研究所蒸蒸日上，而T大的项目却出了麻烦。

不少投资人已经意识到，T大根本拿不出实质性的研究成果，更不要说投入生产。T大周围就像当时的鹤行基金一样，围满了投资人和媒体。

财经女主播在现场报道：“备受关注的T大素纱禅衣项目涉嫌数据盗窃，据悉，今日已有多个投资方上门。本台提醒，投资有风险，新兴产业更需谨慎。我们将持续为您报道。”

黎琬和孟西一边吃饭，一边看新闻。前几天，他们接到警察局的电话，说案情有了新进展，想要了解一些情况。

据调查，T大素纱禅衣项目的负责人叫何园，是孟西少年班的同学。当年他处处都被孟西压一头，永远做不了第一。青春期的怨念一直藏在心底发酵、膨胀，最后他才做出了盗窃数据的事。

可笑的是，警察同志问孟西的时候，他竟一脸茫然："有这个人吗，我没印象。"

黎琬吃一口菜，憋笑："有的人记性还真不怎么样。"

"我只要记得我生命中最重要的人就好。"孟西看着她，微微一笑。

他也不知道自己怎么了。本来不善言辞，可只要跟小豌豆在一起，再肉麻的甜言蜜语都可以信手拈来，脸不红心不跳。

黎琬垂眸一笑，笑得甜甜的，直甜到心里。

一切尘埃落定后，项目组开始商量发布会的形式。

黎琬："如果做一场普通的新闻发布会，不太直观。这项技术看似复杂，但其实很生活化，它可以运用在我们生活的方方面面。最典型的，就是服装。我们可以做一场敦煌实景服饰秀，在丝绸之路上。一来，我们研究的项目本来就是蚕丝；二来，栾总这回能顺利凯旋，也多亏了中国的注资，我们公司也是一带一路下的中新合作项目。在丝绸之路上开发布会，再合适不过了。"

公关部经理："我赞成。不过，设计师你有人选了吗？"

黎琬："夏美玟。"

玟姐一直都是做国风设计，这些日子游学也是去的敦煌，专业性是够的。而且她是栾总的女朋友，话题度也完全不用担心。

栾鹤立正在和夏美玟发消息你侬我侬，忽然听到女朋友的名字，像小时候传字条被抓一样，手机都快吓飞了。

黎琬："栾总，您觉得呢？"

栾鹤立嘿嘿："只要玟玟没意见，我就没意见。"

夏美玟当然没意见。

工作室中，她就差抱起黎琬转几圈了。

“琬琬，你可真是中国好闺蜜！还帮我接单子！”

栾鹤立：“玟玟，好像是我给你的单子。”

夏美玟没理他，拽着黎琬就开始讨论设计。

栾鹤立看着两个女孩子嘻嘻哈哈地走开，忽然觉得有点孤独。他朝旁边的孟西挪了挪，忽然一把抱住孟西的手臂，脑袋靠着孟西的肩膀，可怜兮兮地说：“老孟，我孤独。”

孟西冷冷看他一眼，嫌弃地抽开手走了。

栾鹤立：“你去哪儿？”

孟西：“晚上倒春寒，回家给我太太拿件衣服。”

“你也要拿吗？”孟西回头睨着他，下巴微微抬起，“哦，我忘了，你没有太太。”

栾鹤立：“……”

晚上，夏美玟国风工作室。

玟姐兢兢业业地画设计稿、打版，黎琬开着笔记本电脑，噼里啪啦地敲，表情一会儿笑一会儿纠结，十分丰富。

这怕不是写报告的表情吧？

夏美玟悄悄地走到她身后：“写什么呢？”

黎琬惊得啪地合上电脑，脸都吓白了：“商，商业机密。”

“我不信。”夏美玟打量她，嘴角勾起意味深长的笑，“什么商业机密还有个‘孟王爷’啊？可别说你是穿越的！姐是坚定的唯物主义者！”

“就是穿越，你咬我啊！”黎琬吓白的脸又红了，“我现在要穿越回家了。”说完，抱起笔记本电脑就溜了。

夏美玟看着她心虚的背影，憋笑：“孟王爷……古装 play？两个闷葫芦还挺有情趣！”

黎琬走出工作室，马路对面，孟西正等着她。春风吹拂梧桐，昏黄的路灯下，男人的手臂上挂着一件针织衫。他微微一笑，朝她走来，渐行渐近。

衣服就那样轻飘飘地搭在她肩上，而他的臂膀，温暖地环抱着她。

黎琬没有说话，只是轻轻地靠在他的肩头。路灯把二人的影子拉得好长，合二为一。她微微一笑，缓缓闭上眼睛。

她不需要看路，因为他在身边。

不论何时，永远都在。

第五章

任时光匆匆流去

36.

发布会定在初夏，主题是“丝路归来”，分为“古”“今”两个篇章。

黄沙翻涌，大漠孤烟，耳边萦绕着编钟和琵琶的声音。模特们像从敦煌壁画中飞身而下的仙女。衣裙的面料是用研究所的新型蚕丝织就，薄如蝉翼，轻盈飘逸，好似一层朦胧的月光，笼罩着小仙女们。

忽然，实景舞台上灯光一转，音乐节奏加快，进入“今”的篇章。模特们穿着素纱襌衣材质的国风元素时装，排排走出，舞台陷入狂欢，将发布会推向高潮。

“好美啊。”黎琬不禁感慨。

美的不光是服饰本身，更是他们一起经历的日夜，走过的时光。

孟西侧头看向她，目光温柔得似能包容一切。他低头，轻轻吻上她的发顶。月色好美，大漠好美，万物好美……小豌豆，我愿意热爱这世界，诚如爱你。

发布会之后，黎琬回到了鹤行基金，也有更多时间写孟王爷的故事，还发到了网上，只是书名从《天杀的孟王爷》，改成了《亲爱的孟王爷》。

读者A：“我的天，也太甜了吧！孟王爷居然暗搓搓守护小豌豆十三年！”

读者C：“作者的玛丽苏脑洞是真的大！顺便催更。”

读者B：“太假了！都是作者编的，现实里怎么可能有？”

读者Z：“男主性格好像我们班一个生物教授。”

……

电脑前的黎琬努力不让自己笑得太浪。

天真的读者们，这就是现实啊！现实中的孟西可比“孟王爷”好多了。甚至，有时候孟西太撩人，她都没好意思写。他可是把一生的温柔都给了她的人啊。

黎琬只觉得心头噌噌冒着蜜糖。不知从什么时候开始，她也总是忍不住想孟西，别人随便说一句话、做一个动作，她都能七拐八拐联想到他，然后像神经病一样傻笑。

此时此刻，她又傻笑了，还忍不住给孟西打电话。她心里像猫抓一样，就算听他说一声“喂”也是好的！

相思啊，原来是这种滋味。

孟西正在实验室接受采访。素纱禪衣技术的问世在生物学界引起了不小的轰动，各种采访、邀请接踵而至。孟西倒没太在意，每天还是如常地上课、做实验、写论文，其他的事都推了。但也有推不掉的，比如现在这个新闻直播。

手机振动了两下，他看一眼，嘴角浮起笑意。

“不好意思，我接个电话。”

记者一愣，刚才说话还冷冰冰的，怎么忽然变温柔了？孟教授不会有人格分裂吧？他下意识地坐远了点。

孟西：“小豌豆。”

黎琬甜甜一笑，一听到他的声音就好幸福是怎么回事？

孟西：“怎么不说话？有事吗？”

黎琬：“没。就是，就是想你了。”

孟西垂眸一笑，又无奈又幸福，眉梢眼角尽是温柔。他的小豌豆怎么这么可爱？

黎琬：“你在做实验吗？我是不是打扰你了？”

“没有。”男人的声音低沉磁性，“我也想你。”说完，朝手机轻轻吻了一下，“下班来接你。”

黎琬满足地“嗯”了一声，才依依不舍地挂电话。

她刚抬起头，只见同事们都一脸震惊地看着她。

实习妹子小圆偷偷摸摸溜过来，将手机举到黎琬面前：“黎琬姐，都直播出去了。”

直……直播？

刚才孟西在做直播？

小圆：“黎琬姐，孟教授说的都是真的吗？”

什么真的假的？

她忙点进直播回放。

记者：“孟教授，学术生涯中，哪位老师对您的影响最大呢？”

孟西：“我太太。”

记者：“素纱禪衣项目中，您最大的收获是什么呢？”

孟西：“我太太。”

记者：“您最想感谢的人……”

孟西抢答：“我太太。”

……

黎琬的脸唰地红了，活像一颗炭烤小豌豆。她都不敢看同事们，头一埋，蹿起来就要溜。

“黎琬！”栾鹤立从办公室探出头，“进来！”

这位祖宗又找什么碴儿啊？

黎琬扶额，压抑着万分尴尬进去。

黎琬：“栾，栾总，有事您吩咐。”

栾鹤立瞪着电脑上的直播画面，被狗粮塞绿了脸：“你伤害了我。”

啊？

“作为补偿，也作为赎罪，你要帮我做一件事。”

黎琬有点委屈：“电话是孟西接的，我也不知道他在直播啊。”

栾总心塞，你看我像是敢找他麻烦的样子吗？

“哎！你就当可怜可怜我吧！”他卖惨地看向黎琬，“你俩圆圆满满，天天秀恩爱，作为本霸总的老员工，也不忍心看我飘着吧？”

黎琬：“您到底想干什么啊？”

“求婚！”栾鹤立拍案而起，踌躇满志，“我要在豪华游轮上跟玟玟求婚，你负责帮我把她骗来！”

“骗……骗？”

栾鹤立叹气：“发布会那一系列设计不是获奖了吗？她最近天天办

时装周，天天拍杂志，我约她吃个饭都费劲。思来想去，还得靠我的军师啊！”

他看着黎琬，露出正直的微笑，就像刘备看着诸葛亮。

黎琬扶额。

栾总您高估了，我是个扶不起的阿斗啊！

37.

黎琬最终还是把夏美玟带上了游轮。也算不上骗，黎琬只是告诉她，游轮的海上酒吧酒水免费畅饮。

栾鹤立十分紧张，一上船就开始深呼吸，趁着夏美玟不注意，不停地朝黎琬和孟西碎碎念。

“这套西服可还行？”

“钻戒够不够大？”

“邮轮这边要不要再核对一下流程？”

“打光的会不会找角度？”

……

孟西一脸冷漠：“你最该担心的，应该是夏美玟答不答应吧。”

栾鹤立一愣，忽然哈哈大笑，重重拍着孟西的肩膀：“孟教授啊孟教授，看来你还是不了解我啊！我堂堂栾大少爷，栾氏集团唯一继承人，盛世美颜、富得流油，稍微有点脑子的都会答应好吗？”

孟西：“……”

黎琬：“……”

夏美玟端着酒杯回头，打量着发疯的栾鹤立，和“二脸”生无可恋的小夫妻。

她一脸蒙："答应什么？"

"啊……哈哈哈……玟玟啊……"栾鹤立支支吾吾，牵着夏美玟走到酒吧中间，背着手朝黎琬打手势。

黎琬忙点头，拨通酒吧经理的电话："可以开始了。"

孟西皱眉："这是假期，他又在压榨你的剩余劳动价值。"

万恶的资本家！

黎琬："不是啊。他是我老公的朋友，帮朋友的忙嘛。"说完朝孟西甜甜一笑。

这话听着舒服，孟西揉揉她的小脑袋，忍不住朝她唇上轻啄一下。

忽然，酒吧一黑，一束追光照向夏美玟和栾鹤立。酒吧响起夏美玟喜欢的音乐，四周的全息投影亮起金色的爱心。

栾鹤立微微一笑，牵着夏美玟的手，单膝下跪。

"玟玟，嫁给我吧。"

一枚超闪的钻戒被举到夏美玟面前，还没等人反应，他就一把将戒指套在女人的无名指上。四周的游客跟着起哄，鼓掌的、吹口哨的……声音此起彼伏。

夏美玟蒙了好一阵。

合着栾鹤立是在这儿等着她啊！

她吓得一下子弹开，一面费力地摘钻戒，一面说："你有病啊？"

哈？

什么意思？

喂喂喂，别摘啊！

“你玟姐青春正好，谁想这么早结婚！”夏美玟摘下钻戒，犹豫一阵，换了根手指，“戒指我收下了，结婚再说吧。”

栾鹤立蒙了。

还……还有这种操作？

起哄的人也蒙了。被叫来报道的媒体更是呆呆举着相机，照片都不敢拍。

这女的什么路子？

夏美玟扫视一圈，举起戴戒指的中指：“你们别乱写啊！看清楚了，只是拒绝求婚，没分手！”说完四处看看，找了个缝隙溜了。

“玟玟！玟玟，等等我啊！”栾鹤立连滚带爬在后面追。

孟西远远看着，根本不想理这对傻子。黎琬也只能摇头笑了笑。

孟西：“小豌豆，我们去甲板上走走吧。”

“好。”黎琬很自然地挽上他的手臂，小脑袋轻轻靠在男人的肩头。

夏夜的海风很大，拂过甲板，空气中都是咸咸的味道。黎琬的长裙在风中飘，孟西脱下外套替她披上，搂着她靠上护栏。

海面很平静，荡起温柔的波浪。天空明朗，星辰漫天，与海连成一片。人仿佛置身在星空之中，只要一伸手，就能触摸到星星。

“孟西，真美啊。”

“是啊。”

“孟西，原来‘星月满空江’是真的，‘手可摘星辰’是真的，‘耿耿星河欲曙天’也是真的。”

此时此刻，抬头是星辰，低头是大海。但更重要的是，我身边是你。

孟西温柔一笑，看向小豌豆。

他不是第一次欣赏这样的风景了。海天一色，繁星漫天，甚至可以清晰地看到银河，不可谓不震撼。

但这一回不同。

星星很美，大海很美，但最美的，是你在身边。你在身边，所有的星辰大海于我才是闪亮无比，才是有意义的。

晚上回到房间，黎琬忽然想起今天《亲爱的孟王爷》还没更新。趁着孟西洗澡，她赶快爬起来，偷偷摸摸起来码字。

不过，洗澡的孟西只有一墙之隔，她哪里能安心码字？流水声哗啦啦，冲击着她的耳朵，直冲击到心脏，一张小脸憋得通红。他身材那么好，浴室里该是怎样的风景啊？

打住！打住！非礼勿想！

她拍拍脸蛋，又咕噜咕噜灌了一大杯凉水，逼着自己码字。

可码出的字却是——“孟王爷让小豌豆在屋里等他，自己便去沐浴。二人之间只隔着一扇琉璃屏风，水汽氤氲，熏得小豌豆面红心跳。”

“写什么呢？”

孟西一边擦头发，一边出来。他没有穿上衣，只用一条浴巾围在腰间，额发湿漉漉地耷在眉骨上，水汽还未消退。

黎琬知道，她现在看不得他，也听不得他的声音。他说的每一个字，哪怕是一次呼吸，一根发丝，都是在黎琬心里点火。

女人又灌了一大杯凉水，红着脸埋着头，溜进浴室：“你先睡吧。我……我去洗澡。”说完啪地关上门，人抵在门上深呼吸。

花洒喷出温水，黎琬整个人站在花洒下，任由水往脸上扑，好像这样可以让自己清醒些。

但事实证明，她错了。

这水是孟西冲过的，水蒸气是孟西遗留的，就连香皂上都有他的指甲印。随处都是孟西的影子，随便看一眼什么，都能让黎琬想入非非。

天啊！自己这是怎么了？被“孟王爷”带坏了？

可心里另一个声音又告诉她：黎琬，你是成年人了，还是个已婚女人，有这种想法很正常。

黎琬甩甩头，心脏扑通扑通地跳，又心虚，又有点莫名其妙的兴奋。

在这种纠结中，黎琬磨蹭了一个小时才出去。

可映入眼帘的一幕，吓得她差点摔了一跤。孟西坐在她的电脑前，竟然在……码字！

“写得不错嘛。”孟西轻笑。

黎琬僵住了，天啊！自己刚才都写了什么？

她试探地看了看他，心虚地拖着脚步过去，只见孟西写道：

“孟王爷只披了件单衣，没有系带，男人的胸膛若隐若现。他从背后抱住小豌豆，水汽全蹭在女人身上。他朝女人吐气，声音低沉，目光却看着不远处的雕花床：‘小豌豆，今夜本王伺候你，如何？’小豌豆脸色更红了……”

黎琬看得正兴起，后面却没了。

孟教授，写我的文就算了，断更是怎么回事？

孟西看着小豌豆十分精彩的表情变化，憋笑：“看来，我写得也不错。”

黎琬一怔，忽然心慌，才反应过来他的话好像并不只是字面意思。她只呆呆看着他，大气都不敢出一口。

孟西凝视着她，念刚才的句子："小豌豆的脸更红了……"

他忽然横抱起小豌豆，把她放在床上，手却丝毫不松开。

他声音低沉，目光温柔却撩人："继续走剧情吧。小豌豆，准备好了吗？"

黎琬万分紧张，万分羞涩，只咬着唇，轻轻点了一下头。

第二天，阳光洒向蔚蓝的海面，海浪荡漾，波光粼粼。几只雪白的海鸥从窗前飞过，歌声轻快。

孟西轻啄了一下黎琬的唇，唤醒她："早安，孟太太。"

早安，我的先生。

黎琬的脸颊还余留着昨夜的潮红，一整天都轻飘飘的，忍不住傻笑。

吃早饭的时候，夏美玟实在看不下去了："笑笑笑！谁都看得出来你们俩昨天在干吗！都结婚这么久了才办正事，也不知道有什么可乐的？"

黎琬："关你什么事！"

夏美玟："关你读者的事。"

她打开黎琬的微博，由于昨天没有更新，已经有不少读者在微博下面催更了。

读者 A："本来更新就慢，还断更！小豌豆你会失去我的！"

读者 B："我打算寄刀片了，有众筹的吗？一箱起步。"

读者 C："众筹附议！"

一群读者中，蹦出一个不太和谐的用户。

正版孟王爷："昨天小豌豆和我在一起，请谅解。"

黎琬一惊，手机都快吓掉了。她难以置信地看向身边的孟西，不会真是他吧？他不是从来都不玩微博吗？

孟西淡定地喝一口咖啡："有些事情总要尝试。"

有些账号也总要先占着！

黎琬无语，忍不住在微博 @ 正版孟王爷："你闭嘴！"

读者们正在群嘲哪来的"沙雕"账号，忽然弹出小豌豆的回复，小伙伴们都惊呆了！难道传说中的孟王爷确有其人？

孟西故作淡定，嘴角微微勾了一下，不仅确有其人，还发展了你们看不到的剧情。

38.

黎琬写《亲爱的孟王爷》本来是抱着好玩的态度，没想到越写读者越多，她很受鼓舞。大学的时候她也很喜欢写点东西，只是后来工作一忙，渐渐就荒废了。

这段日子，她想了很多。当初选择学金融专业，更多的是考虑到以后的就业，但她真正热爱的依然是文学。更确切地说，是记录。

尤其参与素纱襌衣项目的日子，她看到，不论是孟西、栾鹤立，还是夏美玟，他们都坚守着自己的初心，哪怕暂时身处黑暗，但依旧相信黎明。

这是个最好的时代，造就了孟西这样的学科精英，造就了栾鹤立、夏美玟这样的行业领军者，也造就了实验室那些不可忽视的参与者。而黎琬，更想做时代的记录者，记录每一颗螺丝钉的故事，记录那些黎明前的黑暗，也记录已到来和即将到来的曙光。

她把素纱禪衣项目的点滴都发在了个人公众号上——“豌豆说”，竟然受到了广泛关注。有媒体称，“豌豆说”拉近了普通人与科学的距离，哪怕只有一点点，都是一种进步。

只是，“豌豆说”分散了太多精力，鹤行基金那边就不太顾得上了。

晚饭的时候，她问孟西：“如果我想辞职做‘豌豆说’，你会不会觉得不靠谱？”

“我支持。”孟西给她夹了一筷子豌豆尖，“你又喜欢，又有能力做好，为什么不试试呢？”

小豌豆，你的任何决定，我都无条件支持。别忘了，老公是你永远的后盾。

黎琬：“总觉得对不起栾总。”

孟西：“那就对不起呗。”

鹤行基金总裁室，栾鹤立收到黎琬的辞呈，竟然答应得特别爽快，看上去还挺高兴。

黎琬眉头紧皱：“栾总，你不会早盼着我滚蛋吧？”

栾鹤立笑了笑：“早就看出你对金融不是真爱了！你工作做得不错，全凭你的专业性和责任感。你都不知道，这几年我提心吊胆地怕你辞职，都快被折磨出病了！我每过一年就问自己，黎琬怎么这么能忍，憋到现在还不辞职，难道是因为本少爷的盛世美颜？”

黎琬尴尬地扯扯嘴角。

还是同样的配方，还是同样的栾总。

栾鹤立接着说：“所以，你的辞职是情理之中，也是意料之中。虽然我挺舍不得的，但既然你已经找到更好的方向，那就祝你越飞越高。”

他难得这样正经，黎琬也郑重地道过谢。

她走后，栾鹤立一秒也等不得，打电话给孟西：“你挖走我一位得力干将，请赔我一个项目。这是我应得的！”

孟西：“明天来签合同。”

栾鹤立勾起嘴角，这样才不亏嘛！我可真是个优秀又机灵的资本家！

鹤行基金楼下，孟西正靠在车前等小豌豆，旁边是一棵大银杏树，金黄的银杏叶簌簌而落，拂过男人的肩头。

他冲小豌豆温柔一笑，在寒冷的深秋，再也没有比这更温暖的了。

黎琬一下扑到他怀里，笑得比蜜糖还甜。

孟西：“小豌豆，去趟夏美玟工作室吧，我有东西给你。”

黎琬一愣。

什么东西？他还专门放在玟姐的工作室？

她到了才发现，原来是一套结婚礼服。夏美玟亲自设计，用的素纱禅衣研究所的新型蚕丝。

婚礼上，黎琬穿着这件特别的礼服，看着孟西渐行渐近。

背景音是属于他们的歌：

如果没有遇见你，

我将会是在哪里，

日子过得怎么样，

人生是否要珍惜。

也许认识某一人，

过着平凡的日子。

不知道会不会，

也有爱情甜如蜜……

一步一步，黎琬仿佛看到了那个在昏黄路灯下，日复一日送她回家的少年，看到了那个偷偷为她做学习笔记的少年，看到了那个在雨中带她回家的人，看到了那个在星辰大海里，永远站在她身边的人。

十三年来，他就这样一步一步走向小豌豆。但这一回，小豌豆不再是一个背影，而是面对着他，期待着他，连眼泪都像蜜糖一样甜。

他的心不再是一座空城，里面蜜糖滋长，早已开出漫山遍野的花。而这些花，都属于你，小豌豆。

黎琬含着笑，在所有人都没反应过来的时候，她提起裙子，迈出脚步。

孟西，这一回，让我也走向你。

任时光匆匆流去，星辰大海，并肩同行。

番外

所有美好，都与你有关

冬季期末考试一结束，S大方圆千米就陷入了狂欢。所有的餐厅、酒吧、网吧皆人满为患。

黎琬刚上大一，被新朋友夏美玟拉着，好不容易才在一家自助烤肉店排上了座位。周围充斥着浓烈的烤肉香，学生的喧哗夹杂着铁板上油泡爆裂的声音，无比嘈杂。

酒过三巡，夏美玟已经喝得晕乎乎了。黎琬像小白兔一样乖巧地看着她，跃跃欲试地想要说点什么。

玟玟那么热情爽快，应该不会嫌她麻烦吧？

黎琬深吸一口气，有点紧张：“玟玟，其实明天……”

话音未落，夏美玟忽然往桌上一趴，咚！醉……醉了？

后来二人熟了，黎琬才知道，玟玟非来这家的原因，竟然是酒水免费畅饮。

可彼时的黎琬，胆子一下子就被吓回去了。

其实她想说，明天，是她生日……

黎琬很久没和朋友一起过过生日了。由于社交恐惧，她不擅长交朋友，就算有要好的同学，她也不好意思邀请，生怕耽误人家时间，耽误人家学习。

可夏美玟不一样，她们虽然相识时间不长，却像认识了好多年。今天黎琬纠结了一整天，终于鼓起勇气要说，最终却还是败在了这些免费酒水上。

黎琬有些泄气，双手托着腮帮发呆。她放眼四周，好像只有她孤零零的，周围几桌的期末聚会都好热闹。

尤其是邻桌的生物学院大一新生，八卦起来没完没了，还起哄。黎琬觉得再听下去，她都快对生物学院了如指掌了。

为首的新生 KK 像狗仔拿到了独家新闻，说个标点符号都带着得意："咱们学院的顾朝林教授要出国访问一年。据说他打算让研一的孟师兄提前毕业，带着他一边访问一边读博。"

另一位同学连忙附和："我也听说了！实名羡慕。"

"你羡慕个鬼！"KK 一巴掌拍向同学的头，"人家孟师兄当场拒绝了！"

同学 A："什么？"

同学 B："为什么？"

同学 C："What？"

同学 D："不会是为了追妹子吧？"

一桌人愣了一秒，接着集体哈哈大笑。

KK 笑岔了气，捧着肚子，腰弯成烤虾仁状："那种老道士，早就脱离了咱凡人的低级趣味好吗？还妹子呢，谁啊？隔壁桌寂寞的小白兔？”

又一阵哄堂大笑。

黎琬一怔，寂寞？小白兔？

她悄悄地扫视一圈，目光最终落回自己身上，他们……该不会在说自己吧？

女孩子的小脸唰地变得绯红，她一下子手足无措，赶紧结账，扛起夏美玟就溜。

把夏美玟扛回宿舍，已经快十二点了。校园的灯光都渐渐暗下来，北风呼呼地吹，银杏的枯枝沙沙作响。

黎琬走在回自己宿舍的小道上，衣角被吹得啪啪飞起。她紧了紧衣襟，把毛线帽子压低些，遮住整个额头，双手刺溜钻进兜里。

孟西刚做完实验走出生物学院大楼，一抬头，就看见小豌豆孤零零的身影。

这么晚了，她怎么还不回宿舍？不怕危险吗？

孟西皱起眉头，条件反射一样跟了上去。像从前每一个下晚自习的夜晚，她在前面无所畏惧地走，他在后面小心翼翼地护。路灯昏黄，将他们的身影拉得很长，一前一后，一高一低，慢悠悠的，步调却出奇一致。

忽然，黎琬在研究生公寓前停下，呆呆地望着屋顶。

孟西顺着她的目光看去。屋顶上，一群学生正在为同学庆祝生日，烟花棒在夜空中挥舞，像一颗颗闪耀的小星星。有人捧着点着蜡烛的蛋糕，唱着《生日快乐歌》，在静谧的冬夜尤其显眼。

孟西又怎么会忘呢？

十二点一过，小豌豆就十八岁了。

可这里，没有人会为她庆祝生日。

黎琬看了一阵，缓缓垂下眼皮，转身走向旁边的运动场，坐在石阶上。树叶的阴影笼罩着女孩子，隔开屋顶的热闹，她显得有点落寞。

独自成年，到底辛苦了些吧。

小豌豆大概还意识不到成年意味着什么，成年的孤独感却早一步来了。

她抱膝蜷成一团，只露出一双水蒙蒙、黑漆漆的大眼睛。偌大的运动场，她小小的身影像一片雪花，可怜兮兮的。

孟西眉头紧锁，只伸出手掌，隔空摸了摸她毛茸茸的小脑袋。

小豌豆，别怕。

大学，成年，未来的一切，只要你需要，我都陪着你。

孟西望着女孩子温柔一笑，转身走进不远处的校广播室。

黎琬在运动场坐了一阵，马上十二点了，自己给自己说生日快乐似乎也不错吧。她无奈地耸耸肩，拿出手机，盯着屏幕的秒数。

五，四，三，二……

“啪”的一声。

对面一排研究生公寓忽然全黑了。

黎琬一惊，下意识地回头。

忽然，一盏灯亮起，两盏、三盏、十盏……零零星星……渐渐组成一个完整的心形，在漆黑的夜里尤其亮眼。

与此同时，校园广播响起熟悉的旋律。

“祝你生日快乐，祝你生日快乐，祝你成年快乐，愿你永远快乐……”

黎琬渐渐起身，目光黏在亮起爱心的研究生公寓上，一动不动。少女的心像是一团软绵绵的云，十八岁的发光爱心与生日歌深深印在她心里，那是天使来过的痕迹。天使播撒种子，开出满心满意的花。

此时此刻，一切都好美，而这些美好都紧紧包围着她。

孟西双手揣在裤兜里，靠着广播室的窗口，远远凝视着小豌豆。昏黄的灯光映衬着他的侧影，少年满足一笑，便是世间最温柔的天使。

在广播室的小师弟好奇地看向孟西："师兄，听说你要提前毕业，跟顾教授出国读博啊？"

就在刚才，顾教授还让孟西再好好考虑考虑。

孟西垂眸一笑："不去了。"

小师弟满脸震惊："这么好的机会，怎么就不去了？"

孟西望着运动场上的一小点，眼神温柔得像一汪清泉。他轻声说："舍不得。"

舍不得那个孤零零的背影，舍不得那双水汪汪的眼睛，更舍不得在寒冷的冬夜，依旧能把他的心暖化的人。

小豌豆，人世虽寒，却因你而暖。

而你的我，将一直在你身边。

多年后，黎琬婚后过第一个生日时，忽然跟孟西说起这件事。

黎琬："这就是我的成年生日。虽然不知道是谁，也明知道不是为我准备的，但还是有被治愈到呢！好像心里一下子就豁达了，从那以后，社交恐惧都好多了。"

孟西玩味地看着她："那你是不是应该报答一下？"

"所以，我为那位天使许了个生日愿望。"黎琬甜甜一笑，"愿他和喜欢的女孩有情人终成眷属。”

女人的眼睛像缀满了星星，天真又良善。

她不知道，天使之所以是天使，是因为女孩埋下过温柔的种子，种子生出羽翼，终其一生，都守护着女孩。

孟西牵着黎琬来到露台上。

风很大，男人解开大衣，将妻子紧紧包裹住。放眼望去，对面的大楼鳞次栉比，灯火辉煌。C 市的夜景很美，幸而与君同赏。

孟西：“小豌豆，其实，你的愿望已经实现了。”

黎琬微愣，茫然地望着丈夫。

忽然，对面大楼的屏幕亮起爱心的形状。孟西将妻子搂得更紧，用低沉的嗓音，贴着她耳畔轻哼：“祝你生日快乐，祝你生日快乐。你的愿望都成真，愿你永远快乐……”

黎琬缓缓抬起头，怔怔望着孟西，鼻尖和眼眶都有些微红。冬风很冷，但在你怀里，就是最温暖的时光。

原来，不论过去现在，所有美好都与你有关。

孟西揉了揉她毛茸茸的小脑袋。当年隔空凝望的距离，终究是一步步走过来了。

小豌豆，未来有你，便是世间最美好的事。
